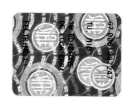

Universale Economica Feltrinelli

ERRI DE LUCA
TU, MIO

Feltrinelli

© Giangiacomo Feltrinelli Editore Milano
Published by arrangement with Susanna Zevi Agenzia Letteraria
Prima edizione ne "I Narratori" febbraio 1998
Prima edizione nell'"Universale Economica" aprile 2000
Diciottesima edizione marzo 2011

Stampa Nuovo Istituto Italiano d'Arti Grafiche - BG

ISBN 978-88-07-81592-8

www.feltrinellieditore.it
Libri in uscita, interviste, reading,
commenti e percorsi di lettura.
Aggiornamenti quotidiani

razzismobruttastoria.net

Vos is main solo antkegn aiere corn
Cosa è il mio assolo in faccia al vostro coro
(da *Kalikes*, poesia di Itzik Manger)

Il pesce è pesce quando sta nella barca. È sbagliato gridare che l'hai preso quando ha solo abboccato e senti il suo peso ballare nella mano che regge la lenza. Il pesce è pesce solo quando è a bordo. Devi tirarlo all'aria dal fondo con presa dolce e regolare, svelta e senza strappi. Altrimenti lo perdi. Non ti agitare quando lo senti sfuriare là sotto, che sembra chissà quanto grosso dalla forza che mette a sviscerarsi l'amo e l'esca dal corpo.

Nicola mi ha insegnato a pescare. La barca non era sua, era di zio, il mio. Nicola l'usava durante l'anno, poi iniziava la buona stagione e allora faceva da marinaio a zio le domeniche, le ferie d'estate. Di notte pescava totani, specie di calamari, con le lampare per farne esca al morso dell'amo.

Preparava la barca e si partiva di mattina presto. L'isola era muta e scendendo scalzo alla marina un ragazzo poteva sentirsi liscio per la pietra sotto i piedi, profumato per il pane che gli sfiorava il naso dai forni, adulto perché andava sul mare verso il largo e le profondità a maneggiare un'arte. Gli altri ragazzi andavano al mare più tardi per le ragazze e i bagni, i ricchi avevano motoscafi e giravano in tondo sui legni lucenti e i motori pieni di cavalli.

La barca di zio aveva un diesel lento che scoppiettava sulla bonaccia dell'alba e faceva vibrare l'aria intorno e a me dava il solletico al naso per la durata del viaggio. Ci si sedeva sul bordo un po' buttati in fuori, anche se il mare si metteva contro e sbatteva di prua. Nicola si metteva in piedi sulla poppa e governava la barra del timone con le caviglie. Era il suo mestiere, aveva piede, nessun'onda gli impacciava l'equilibrio. Chi sapeva stare dritto su una piccola barca che andava contro mare aveva piede. Io l'avevo e qualche volta sulla via del ritorno mi facevano reggere il timone, mentre zio dormiva e Nicola rimetteva la barca in ordine, puliva i pesci.

Non era bello che un ragazzo tenesse timone. Bisognava scegliere il verso all'onda e farla passare liscia sotto la chiglia, senza farla sbattere. La barca sente i colpi, il legno soffre. Ma se il mare era quieto e niente barche in vista, allora mi offrivo per il timone e Nicola sbrigava il suo resto di lavoro.

Lui mi ha insegnato il mare grazie alla barca e al permesso di zio, che m'invitava perché me ne stavo zitto, non facevo imbrogliare la lenza, non facevo mosse se abboccava il pesce, non mi lamentavo del caldo, non facevo tuffi dalla barca, solo una calata brusca per rinfrescare. Mai chiedevo il pesce da portare a casa, il pesce era suo, poi di Nicola. Mai chiedevo se mi portava, ma era lui la sera prima a dire: vieni.

Nicola mi ha insegnato il mare senza dire: si fa così. Faceva il così e il così era giusto, non solo preciso ma bello da vedere, mai di fretta. Il così di Nicola aveva l'andatura delle onde, i suoi gesti facevano una rima che imparavo a intendere. Tagliava il totano a pezzi lunghi un'unghia, un taglio e uno striscio di piatto di lama per allontanarli, andava secondo un suo ritmo, assorto, uguale. I pezzi tagliati si seccavano al sole durante il viaggio verso il largo. Immorsava le esche al centro, coprendo l'amo fino all'attaccatura del nylon. E dopo la cattura, dalla bocca del pesce, dalla gola, recuperava l'esca, la riusava. E quasi senza occhi, le mani andavano da sole. Lui poteva guardare altrove, il lontano o niente, lasciando le mani a fare da sole. Quella era l'opera, il davanti, mentre il resto del corpo era solo un sostegno di pazienza.

In barca parlavano solo gli uomini, io ascoltavo le voci, non i discorsi, e i saluti scambiati con altri pescatori: "a' re nuost", sei dei nostri, un grido che ho sentito solo a mare.

Qualche pomeriggio andavo alla spiaggia dei pescatori e se trovavo Nicola da solo a preparare pesca mi fermavo vicino. Tra i resti del pescato, qualche gallina razzolava in cerca di una testa di alice da inghiottire insieme alla sabbia. Ero un ragazzo di città, ma d'estate m'inselvatichivo. Scalzo, la pelle dei piedi indurita come le carrube mangiate sull'albero, lavato all'acqua di mare, salato come aringa, un pantalone di tela blu, odore di pesce addosso, qualche squama in giro nei capelli, andatura a passi corti, da barca. In una settimana non avevo più una città d'origine. Me l'ero staccata di dosso insieme alla pelle morta del naso e della schiena, i punti dove il sole si approfondiva fino alla carne.

Il sole è una mano di superficie, una carta vetrata che sgrossa d'estate la terra, la pareggia, la liscia, asciutta e magra a fior di polvere. Coi corpi fa lo stesso. Il mio esposto fino a sera si spaccava come un fico solo in qualche punto delle spalle e sul naso. Non ci mettevo oli solari che già c'erano allora, metà di anni cinquanta. Era da forestieri la spalmatura, il lucido sul corpo come un'alice passata nell'uovo prima di essere fritta. "Piscetiello addevantasse / int'o sciore m'avutasse / m'afferrasse sta manella / me menasse int'a tiella / 'onn' Amalia 'a Speranzella*: coi versi di Salvatore Di Giacomo zio prendeva in giro quelli che usavano unguenti. I suoi figli e io, i maschi di famiglia, fin da bambini eravamo abituati a bruciarci i primi giorni, poi passava. Incassavo il dolore come la più giusta tassa sulla mia pelle fina di cittadino. La nuova pelle costava, anche quella dei piedi, prima di poter camminare scalzo sulle pietre bollenti di mezzogiorno.

Nicola era stato in guerra, fante in Jugoslavia. Era stato l'unico viaggio, dall'isola a Sarajevo. Aveva conosciuto una famiglia laggiù. La sera nelle libere uscite andava a trovarla portando loro un po' di pasta, di caffè, di pane. Offrivano in cambio un'acquavite infernale. La assaggiava appena, s'intendevano a segni.

---

* Pesciolino diventerei / nel fiore di farina mi volterebbe / m'afferrerebbe la sua manina / mi getterebbe nella padella / donna Amalia Speranzella.

Le camicie nere italiane avevano fucilato un figlio di quella famiglia. Si erano conosciuti in quell'occasione, quando erano venuti a richiedere il corpo. Nicola li aveva aiutati, loro l'avevano invitato a casa. Aveva visto un cimitero mussulmano: "come il nostro, ma sulla pietra al posto della croce ci stava la luna". Aveva sentito piangere un lutto con gli stessi acuti delle donne dell'isola, si era sentito a casa. Quando il mare porta un annegato a riva: così facevano quelle donne col ragazzo fucilato perché "partizan".

Mi raccontava con la premessa obbligatoria che di quelle cose non dovevo parlare a nessuno, che lui non sapeva niente di politica, che quelle erano solo storie di quando era giovane e c'era la guerra. C'era la guerra come c'è il libeccio, la siccità, la stagione senza passaggio di tonni. C'era: un solo verbo reggeva tutto il male e il bene che succedeva agli uomini. La guerra era rimasta in qualche dettaglio buffo, che ripeteva: una finestra vuota vista dalla strada e dietro la finestra non c'era più una casa, neanche un tetto, e si poteva vedere cielo. E le finestre sono fatte per vedere cielo, ma non in quel modo. E una piazza di mercato che ci cresceva l'erba tanto non c'era niente da vendere e nessuno ci andava, neanche per scambiarsi una parola. E l'erba certe volte, tra le pietre di un mercato, è una tristezza.

Mi raccontava qualcosa perché io insistevo e lui aveva cominciato quell'estate a fidarsi di quel ragazzo che gli copiava i gesti, che veniva a sentire da lui le storie standosene muto, senza domandare questo e quello. Non le riportavo in giro, neanche dicevo do-

ve passavano certi miei pomeriggi, mentre gli altri ragazzi di città in vacanza sull'isola facevano gruppo
con le prime ragazze. I miei non mi chiedevano conto, era usanza che la disciplina di città si allentasse
nell'isola, salvo il rispetto degli orari.

Il caldo slegava il corpo, libertà era un cambio di
pelle al suono di cicale. La spiaggia era il confine dove cominciava la vita degli uomini, la superficie uguale per gli occhi di chi sta a riva e invece piena di sen-
tieri, correnti, incroci, fondali rialzati da secche. Le
barche erano legni di pericoli, miracoli, alcune di loro per devozione legavano in cima al palo di prua un
ramo d'ulivo benedetto.

Non ho avuto intimità col fondo, con quelli che
s'immergono coi fucili. Nicola non sapeva nuotare e
mi ha trasmesso il rispetto per il fondo. Si ottiene dal
mare quello che ci offre, non quello che vogliamo. Le
nostre reti, coffe, nasse, sono una domanda. La risposta non dipende da noi, dai pescatori. Chi va sotto a prendersela con le sue mani la risposta, fa il pre-
potente col mare. A noi spetta solo la superficie, quello che ci sta sotto è roba sua, vita sua. Noi bussiamo
alla soglia, al pelo dell'acqua, non dobbiamo entrare
in casa sua da padroni.

Sulla barca di zio non salivano pescatori con fucili, ossigeno. Zio era d'accordo con Nicola. A lui piaceva la lotta con la cernia che s'intana con l'amo in
corpo e ci vuole tutta l'intelligenza della barca, dei
remi, per costringerla fuori, estraendola secondo il
verso della tana, fiaccando la sua furia di resistere. E

molte volte vinceva la cernia. E a sera le mani erano piagate dal filo del palamito che da noi si chiama coffa, e nei tagli, nelle scalfitture si seccava il sale marino. A inizio di stagione si inauguravano le stimmate. Nicola mi aveva insegnato a indurire i palmi con un pezzo di corda.

Ascoltavo la guerra da bambino. In casa erano le storie dette a tavola, gli aerei gonfi di bombe, la sirena che avvisava con poco margine, il silenzio delle corse, il ringhio del rumore in cielo poi quello degli scoppi in terra. E una volta di luglio un mancato avvistamento e le bombe vennero d'alta quota e su obiettivo libero a strappare di giorno a ciuffi i vivi dal mondo. Mamma sapeva queste storie, papà era soldato. Lei raccontava le corse ai ricoveri. Scappavano di casa per infilarsi nella galleria di Piedigrotta, cento volte in una gioventù, a gara stabilita con le altre famiglie a chi arrivava prima e prendeva i posti migliori. Ognuno era tenuto ad afferrare cose disparate da portare in salvo. Lei portava me, il nonno una valigia tenuta accanto all'uscio in cui resisteva un servizio di porcellana. Le donne mettevano le cose preziose in una borsa e non se ne separavano mai nel ricovero. Si ricordava di una famiglia assai povera: la donna stringeva al petto sempre una vecchia borsa. I suoi figli si stupivano che lei possedesse qualcosa di valore. Un giorno nella corsa la donna cadde e rovesciò per terra il tesoro: bottoni. Per non sfigurare anche lei si era dotata di borsa inseparabile riempiendola per fare volume. Anche sotto le bombe una donna povera non voleva essere da meno delle altre. Da allora non la videro più.

E dopo i cento martellamenti alleati la città si era scrollata di dosso i tedeschi con un calcio di mulo, di quelli che restituiscono peso a un popolo. Gli americani non entravano in città, così all'improvviso scoppiò una rivolta contro i tedeschi e una popolazione si strinse a cappio contro di loro trasformando la ritirata in fuga. Entrarono gli americani e ogni famiglia ne adottò uno. Da noi c'era Jim, un nero gigantesco, allegro e buon lavoratore. E fu Jim a salvarci. Dopo i cento bombardamenti alleati ne arrivò uno tedesco. Al suono della sirena nessuno voleva muoversi, sarà uno sbaglio, la guerra qui è finita. Jim era in casa e non volle sentire storie, "no, no" gridava col suo vocione buttando tutti fuori di casa e prendendo in braccio la nonna di mamma che era su una sedia a rotelle e rapita dal colosso gridava aiuto. E così fu che la bomba tedesca centrò il palazzo e i pochi averi della famiglia, pareggiando i conti con la casa distrutta di mio padre. Mamma raccontava sempre cercando il lato buffo, non si dimenticava di dire che arrivarono tardi al rifugio sotto gli scoppi tedeschi ridendo con la pancia in mano per gli strilli della nonna Emilia in braccio a Jim. Di quelle bombe che l'avevano rovinata rideva ancora.

Storie di salvezze in città, notti spezzate, bambini che nemmeno piangevano, buona sorte di soldati, e intorno gli ordini tedeschi scritti sui manifesti: storie antiche da far compagnia all'infanzia. Ma crescevo e il tempo si faceva piccolo: quei fatti non erano più remoti, ma recenti. Quel passato era appena successo, resistevano i vuoti nelle strade. E quando i miei smisero di raccontarlo, cominciai io a chiedere e questo a loro non piaceva. Nelle mie domande ci doveva essere un'insistenza che non riesco a ricordare, se spazientiti risposero con la biblioteca: ecco la storia, è scritta lì, leggine quanta vuoi ma lasciaci in pace, non abbiamo più voglia di rimettere a giorno quelle pene. Le cose andavano meglio, parlavano di una casa nuova, nostra, non più in affitto.

La guerra non teneva più compagnia ai loro racconti intorno al tavolo, dove i bambini diventavano grandi a forza di ascoltare. Parlavano invece di politica, di sindaci filibustieri come Capitan Uncino. Erano solo notizie tristi, senza grandezza di avventura e di ridicolo.

Così imparai la loro storia, una materia diversa da quella appresa a scuola sui manuali che spiegavano il passato e lo rendevano logico, una discesa libera fino a noi. Quella storia recente era un ammasso di vicende infami, poche battaglie, invece rastrellamenti, esecuzioni in massa, vigliaccherie, stragi d'inermi. Era una storia che non andava da nessuna parte, non preparava seguito, ma voleva essere l'ultima, la fine della storia. Ebrei, imparai questo nome sui libri della guerra. Prima erano un popolo remoto come i fenici, gli egiziani. Ebrei, e perché i bambini, le donne e i vecchi e cercati ovunque nei più miseri luoghi d'Europa? Strano imparare la geografia per cercare le città, le regioni dei morti: Volinia, Bucovina, Podolia, Lituania, un cimitero di pianure si era spalancato in piena Europa e un ragazzo di Napoli lo cercava in mezzo alle nazioni assegnate all'Unione Sovietica.

I miei non mi chiedevano più cosa leggevo per non doversi urtare con quella mia intenzione di sapere. Le domande erano cresciute e portavano l'insidia di chiedere conto. Avevano partecipato a una resistenza, avevano aiutato un perseguitato? Non l'avevano fatto. Mia madre ancora ragazza si era trovava a dover salvare la famiglia, papà impoverito dalle bombe si era buttato a sopravvivere. Ne portava però un rammarico: non aver fatto neanche un gesto di sabotaggio, non aver salvato nessuno oltre se stesso e i suoi. Gli pesava quel figlio che voleva il ricordo. Non voleva più parlare di quello con me per non perdere l'autorità necessaria. Gli spiaceva respingere le domande, ma crescevano di forza e doveva tenere a bada il sospetto dell'arroganza: "Non ti permettere di parlare così a tuo padre": non so più com'era quel così, ma doveva essere insolente.

Nicola era la sola persona che mi diceva cose della guerra. Chiedevo, e lui prima di rispondere reagiva alla mia insistenza: "Si' capòtico". Vero, ero testardo, "capòtico", ma solo su quello. Con le mani riannodava il nylon intorno a qualche amo, filando le lunghe matasse di cavo di coffa senza bisogno di guardarmi in faccia. Parlava caricando il fiato secondo quello che facevano le mani. Calcava su qualche punto con forza mentre strappava con la bocca un nodo e l'argomento poteva essere una notte di neve a guardia della polveriera, oppure una rappresaglia tedesca contro gente indifesa gli veniva alla voce mentre cuciva con gesto dolce e svelto una rete slabbrata e allora nel racconto c'era un fiato sereno. La storia era diventata solo quello, un modo di accompagnare il lavoro. Alle spalle c'era l'isola, davanti a noi le piccole onde del pomeriggio mentre calava il maestrale. Quello era il presente, più forte di tutto, padrone del tempo e la voce di Nicola obbediva al luogo e al compito delle mani.

Quella famiglia di Sarajevo l'aveva salvato dopo l'otto settembre quando i tedeschi avevano imprigionato i soldati italiani per spedirli ai campi di lavoro in Germania. S'erano presi in casa Nicola, l'avevano nascosto e alla vittoria di Tito l'avevano aiutato a tornare.

Ero la sola persona cui interessavano quelle storie. Dopo la guerra i vivi avevano indurito il silenzio, un callo sopra la pelle morta della guerra. Volevano abitare in un mondo nuovo. Da noi non c'era più il re. I tedeschi erano solo quel popolo che veniva a passare le ferie sull'isola. Nicola non aveva a che fare con loro. Alberghi e pensioni erano lontani dalla spiaggia dei pescatori che offriva uno stabile odore di trippe di pescato al sole. Non aveva da incontrare tedeschi Nicola e non ne voleva incontrare. Li aveva conosciuti, non voleva ascoltare quella lingua di ordini sgolati.

L'isola era piena di tedeschi, anziani, di mezz'età, gente che era stata giovane in guerra e ora arricchita nascondeva l'arroganza del passato con una giovialità stonata, dietro la pretesa di essere solo turisti, di esserlo sempre stati. A comitive, a combriccole giravano per l'isola da giugno a ottobre, congestionati dal sole, costipati dalle limonate, luccicanti di creme come i babà al rum del bar Calise.

Erano gli stessi, Nicola li guardava da lontano e se uno chiedeva un'informazione rispondeva le sole parole imparate: *ich verstehe nicht*, non capisco. Li aveva visti in Jugoslavia e non li voleva più capire. Gli isolani invece parlavano quel po' di tedesco utile al commercio.

Nicola si metteva l'isola alle spalle e vedeva sulla spiaggia solo quei pochi che gli attraversavano il metro di distanza tra i suoi piedi e il mare.

Neanche a me piacevano i tedeschi. Erano gli stessi che avevo cercato nei libri della storia infame, che si erano fatti ubriacare e rovinare da Hitler e nessuna sconfitta aveva potuto strappare loro quell'impazzimento di fierezza. Sconfitti erano gli altri che facevano i servi alle loro vacanze in un'isola del sud.

La mia avversione cresciuta cieca sui libri, in Nicola aveva sintomi in carne. Incapace di ostilità reagiva con uno sfogo di timidezza. Un giorno mi disse che aveva riconosciuto un anno prima un soldato tedesco, uno che stava a Sarajevo. Si erano guardati, non si erano detti niente. Ma lui aveva risentito in pancia il morso della guerra. Era diventato rosso di vergogna, si trovava in chiesa a messa. Se n'era uscito senza nemmeno farsi il segno di croce: "Me so' mmiso scuorno pe' Ddio", si era vergognato per Dio.

"Adda tene' pacienza pure int'a casa soia", doveva avere pazienza pure a casa sua. È bella la pazienza in napoletano perché mette un po' della parola pace dentro la pazienza. Gli chiesi se era uno che aveva ammazzato della gente. Non rispose. M'insegnava a non aspettarmi sempre una risposta.

Quando Nicola li incrociava sull'isola cambiava marciapiede. Sapevo dalle storie del ghetto di Varsavia che i tedeschi proibivano agli ebrei di guardarli negli occhi. Quell'estate cominciavo a fissarli in faccia, non per sfida, ma per sforzo d'intendere. Raro che uno di loro se ne accorgesse.

Era l'estate dei miei sedici anni, stavo su un precipizio di sentimenti. In disparte dai coetanei non ero attento alle ragazze in età buona per me. Mi piacevano le più grandi, un desiderio impossibile. Però quell'estate riuscii, unico dei miei coetanei a frequentarle.

Fu grazie a Daniele, figlio di zio, che era più grande di me di quattro anni. Era centro di un gruppo di giovani di buona famiglia, dotati di motorette e qualche barca. Lui sprovvisto di questi mezzi era ugualmente il capo naturale che ogni gruppo di ragazzi si dà. Era ospite nella casa di fitto presa dai miei, dormivamo nella stessa stanza. Quell'estate si accorse di me. Non so trovare una ragione per quell'attenzione, però ci fu. Mi insegnò accordi di chitarra, mi portò al loro luogo di ritrovo sulla spiaggia, mi consentì di stare. Non era un granché il mio aspetto magro, sforzato dalla crescita, una peluria in faccia più gialla che bionda, occhi stretti e una mandibola serrata che non si scioglieva. Forse mi vide più grande o capì che in quel suo cugino si stava accumulando una valanga.

Non andavo alle loro gite nei posti lontani dell'isola, di rado passavo accanto alle loro sere, ai balli che improvvisavano ovunque. Andavo alla loro spiaggia dopo la pesca. Daniele da qualche anno cominciava a far tardi la sera e a non aver voglia di tirarsi su presto. Aveva smesso di andare con suo padre e Nicola. Avevo preso il suo posto. Così quando tornavo dalla pesca lo raggiungevo e lui si faceva raccontare volentieri i particolari della giornata.

Quell'estate ebbi il battesimo di sangue della murena. Tirata su con la coffa insieme a una cernia, mentre zio e Nicola si occupavano del pesce pregiato, io tentavo di liberare l'amo dalla gola della murena. La stringevo con la sinistra alle guance per tenerle aperta la bocca. Riuscii a estrarre l'amo e nel momento dell'uscita si divincolò, persi la presa sulle guance e i denti si affondarono nella mano all'attaccatura dell'indice. Non dà solo un morso la murena, ma dove afferra non stacca la presa. Incastra la mandibola e non l'apre più. Riuscii a non gridare, avevo le lacrime appese agli occhi per lo sforzo. Quando finì con la cernia e zio riprese a tirare la coffa, Nicola si accorse di me e con un solo colpo di coltello staccò la testa della murena. Poi ruppe l'osso della mandibola e solo allora, uno a uno, mi levò i denti dal dito. Guardavo il mare mentre Nicola eseguiva tranquillo una piccola operazione antica, la mano ferita era lontana dai miei pensieri, il dolore bussava ma io non aprivo. Mi capitava quello che avevo ascoltato nei racconti. Mi era già successo il veleno della tracina sotto il piede e quello dello scorfano nel palmo. Ero in barca e quel sangue era nel conto. Zio fece un mezzo sorriso tra una bracciata di coffa e l'altra, scuotendo un po' la testa. "Mo' si' pescatore", disse Nicola quando finì sciacquandomi la mano in mare.

Capivo poco perché la virilità dovesse ignorare il dolore. La vedevo applicata dagli uomini, cercavo di ripeterla quando veniva il mio turno. Capivo che non era il rifiuto di avere un corpo, ma la pazienza di sopportarlo, un carico sull'asino che a volte è esagerato e pure l'uccide, ma fino a quel punto non se ne lamenta. Corpo era una bestia paziente, gli uomini l'addomesticavano con fierezza. Corpo era un sud accanito di formule virili. Le spine dei ricci che i ragazzi imparavano a estrarre da soli, i pescatori le lasciavano stare, ad assorbirsi piano sottopelle. Imparavo da loro la distrazione dal dolore.

Quando arrivai alla spiaggia avevo la febbre dallo sforzo di non dire niente e mi batteva la vena in fronte. Daniele si fece raccontare la storia e mostrò a tutti la gloria della mia ferita. Quel gesto suo di darmi importanza, quella premura mi tolse il dolore dagli occhi. La curiosità di una ragazza mai vista prima, il contatto delle sue mani con la mia piena di buchi mi tolse il dolore anche da lì. Restava una vena che batteva gonfia sulla tempia.

Guardai quella ragazza nuova in faccia e le spuntò una risata limpida, sonante come fa il crollo delle monete nel salvadanaio che si rompe. E i denti, uno appena scalfito in mezzo alla bocca, squillarono di bianco tra le labbra piene e un volo di capelli si abbatté su metà della sua faccia e io sentii un calcio nel sangue. Poi finì il giro della ferita e io sentii da Daniele il nome della ragazza nuova. Si chiamava Caia.

Nome buffo, il femminile di Caio, e anche la sua voce: un po' di naso ma limpida, un accento straniero su un italiano morbido, una leggerezza ascoltarlo in mezzo a una massiccia cadenza del sud. Era appena arrivata ospite di una ragazza del gruppo, con la quale durante l'anno divideva una stanza in collegio, in un posto della Svizzera. Era di origine rumena. Non aveva genitori. Daniele mi parlò subito di lei, ma non ne sapeva molto. Le domande dei ragazzi ottenevano un suo sorriso distratto, lei le scansava con un colpo di spalle che era la decima parte di un tuffo, di un corpo che si stacca dallo scoglio e nuota lontano. Non era importante saperne, di lei, ma per i ragazzi la sua libertà orfana era un'attrazione. Nessuno di loro sapeva cosa fosse non avere nessuno al mondo.

Non si capiva cosa facesse presa su di lei, ma non erano le belle cose possedute dai più ricchi, neanche la strepitosa disponibilità di un motoscafo, che uno di loro aveva.

Attraverso Daniele ero ammesso, ma da estraneo. Le ragazze non si rivolgevano a me neanche per futili servizi, minime occasioni di galanteria. A me piaceva stare con loro ugualmente, ma ancora di più da quando c'era Caia. "Ti chiami Catia?" le chiesi pensando che il suo fosse un nome slavo. "No, Caia" mi rispose brusca voltandosi da un'altra parte. Avevo azzardato una vicinanza ed ero stato respinto, cose che succedevano nel piccolo gruppo ingarbugliato di gerarchie minuscole. Ci restai male, non credevo che lei si potesse comportare come le altre. Perché no? Mi convincevo per difesa, è come le altre, una ragazza bella e ben allevata, si lascia avvicinare solo da quelli che le piacciono. Era un pensiero logico, ma non mi bastava. Avevo sbagliato io, che storia mi era venuta in mente che si chiamasse Catia? Non avevo sentito già molte volte chiamarla Caia? Cosa cercavo: d'indovinare, di scoprire qualcosa che gli altri avevano trascurato? Credo di sì, qui c'era il nervo di quella domanda: il nome. Partivo da lì, dall'accidente che accompagna a vita una persona più di un'ombra, perché almeno al buio l'ombra smette, il nome invece no. E vuole essere così parte di una persona da pretendere di spiegarla, di annunciarla: "io sono" e poi segue il nome, come se si possa essere un nome, anziché avere un nome. Mi accorsi più tardi che lei non diceva "io sono Caia", ma "mi chiamo Caia". Lei non era Caia, un nome, lei era una persona che si chiamava così. Forse voleva tenere a bada quel piccolo pezzo d'identità, oppure non le piaceva. Ecco, già stavo indagando su di lei, in cerca di una sua verità. Ci si innamora così, cercando nella persona amata il punto a nessuno rivelato, che è dato in dono solo a chi scruta, ascolta con amore. Ci si innamora da vicino, ma non troppo, ci si innamora da un angolo acuto un poco in disparte in una stanza, presso una tavolata, seduto in un giardino dove gli altri ballano al ritmo di una musichetta insulsa e decisiva che fa da colla di pesce per una faccia che si appunta a spilli sul diaframma del petto. Da subito m'innamoravo a vuoto di Caia, di una ragazza più grande, dal dente spezzato in un sorriso a grandine, che aveva toccato la mia mano senza riguardo per la ferita e mi era stata intima per quello. M'innamoravo secondo un impulso opposto all'evidenza: che io ero di molto più adulto, che a me toccasse il compito di proteggerla dai pericoli dell'isola, custodendo il suo segreto che non conoscevo ancora ma che doveva esserci e io l'avrei saputo, io solo.

Quando per impulso correva dall'ombrellone al mare senza avvertire nessuno, non le andavo dietro, mossa esposta al ridicolo, però la seguivo per la durata del bagno con la tensione del cane alla catena. Se c'erano onde alte mi veniva un suono nel respiro, un gargarismo, un ringhio e se non resistevo, alla fine andavo con finta calma verso il mare per non perderla dietro le creste. Se si tuffava con gli altri ero tranquillo. Non m'importava che un giorno facesse girare la testa a uno, poi a un altro la sera. A me spettava di proteggerla. Nessuno di quei ragazzi avrebbe sfiorato il suo segreto. Forse neanch'io, ma m'ero piantato in testa che ce n'era uno, che Caia era il corpo di una rivelazione raggiungibile con l'amore. Non facevo progressi con lei, non mi azzardavo più a parlarle.

Daniele era il candidato naturale all'amore di Caia. La sera lo immaginavo cantare sulla chitarra qualche

canzone. La sua voce era un mezzotono teso, un po'
velato che sapeva abbassarsi in un sussurro senza perdere musica. Buttava fuori il canto e a chi ascoltava
veniva di respirare profondo, un poco trattenendo
l'aria in petto. Caia si sarebbe innamorata di Daniele, magro, compatto, che metteva esca nei sorrisi. Non
mi doveva riguardare, non ero candidato a quello e
per certo non ero geloso. Non ho mai saputo se sono stati davvero insieme. Se fu così, durò poco. Per
una sera almeno, ognuno di quei ragazzi pensò di essere stato scelto da Caia e ottenne dalle sue braccia
un segno di preferenza. Guardava un ragazzo da sotto le sue ciocche lisce di castagna, a occhi pieni aperti, labbra appena schiuse, sospese prima di una parola: era tutto l'invito. Per lei quei ragazzi erano ancora cuccioli, giusti di corpo, ma sbagliati nelle parole e poi era estate, non bisognava chiedere troppo
agli incontri.

Daniele si distolse presto dalla presa su Caia. Il
suo amor proprio non ammetteva che ci si potesse in-
namorare poco, qualche sera soltanto. Però rimase
affettuoso con lei e attento alla sua voce nelle tavola-
te confuse. Non pensava ai segreti, come me, però
aveva capito che in quella ragazza c'era una dolenza
impenetrabile, che lasciava all'amore solo qualche
scappamento di sorriso. Certo era orfana, cresciuta
in un collegio e là doveva essersi irrigidito il nodo di
dentro. La ragazza che l'ospitava le voleva bene. Si
erano conosciute in quell'anno che i suoi l'avevano
mandata a studiare all'estero per imparare le lingue.

Caia, veterana del luogo, l'aveva accolta rendendole facile il periodo di abituarsi a un posto nuovo, a sconosciuti. Erano diventate amiche, ma neanche lei sapeva granché di Caia. Non era triste, un po' brusca di umore, ma d'indole allegra.

Si ruppe un bicchiere di cristallo e i cocci lucenti schizzarono sul pavimento squillando in frantumi e Caia rise della faccia costernata di un ragazzo che cercava di rimediare al guaio e il suo riso era l'eco perfetta di quei frantumi. Studiavo chimica, così mi venne di dire, ma non a lei direttamente, piuttosto a didascalia della sua risata: "Caia ha il silicio nelle corde vocali". E lei voltandosi verso di me disse di colpo ma gentile: "mio padre era chimico". E io fui così stupito che non mi girai verso di lei, restai fermo inghiottendo saliva. Nessuno intorno aveva ascoltato? Nessuno sembrava averci fatto caso, distolti dall'improvviso incidente. Suo padre era chimico. L'aveva voluto dire, e di rimbalzo più che in risposta a me. Le era scappato, forse non voleva, però in un punto qualcosa del suo dolore e del suo segreto aveva preso luce: e a causa mia. Ero commosso e ancora più forte mi salì l'ansia di proteggerla. Nessuno aveva udito. Qualcosa era avvenuto, da lei a me, un passaggio segreto, un'intesa. Non ero più il ragazzino che andava a pesca e portava sulla mano il segno del mestiere e stava sempre muto. Chi ero oltre a questo non sapevo, non potevo, ma s'era spezzato il mio isolamento da lei. Caia l'aveva fatto saltare con una breve notizia detta a nessuno.

Alle loro tavole partecipavo in seconda fila. Se si era in una pizzeria prendevo una sedia anch'io, ma non mangiavo con loro, né m'invitavano a farlo. I ragazzi della mia età non andavano a cena fuori. Raggiungevo Daniele e gli altri dopo aver mangiato a casa. Restavo a guardare la loro allegria, il chiasso delle risate e anche nella mischia delle voci riuscivo a separare dalle altre quella di Caia. Facevo un gioco stupido, mettevo un cubetto di ghiaccio in bocca. Lo tenevo fino a scioglierlo mentre i nervi della bocca diventavano un cespuglio di spine. I denti si gelavano, sentivo pulsare le loro radici. Erano tasti di un organo doloroso. Gli occhi stretti, il chiasso si scomponeva nelle orecchie e riuscivo a isolare la voce di Caia, staccandola dal rumore. I nervi della bocca impazzivano per un minuto, il timbro sonoro di Caia mi arrivava alla testa dai denti gelati sensibili come antenne. Ascoltavo la sua voce coi denti. I ragazzini si procurano torture a scopo di estasi. Nessuno badava a me. Me ne andavo e non avevo bisogno di salutare. Se incrociavo lo sguardo di Daniele lo avvisavo cogli occhi.

Forse a Caia piacevano gli uomini adulti. Ho sentito poi chiacchiere di una sua cotta per zio. Zio era in piena quarantina, piaceva alle donne e sapeva dimostrare che loro piacevano a lui. Zio era il contrario del maschio da spiaggia. Era sobrio, gesti misurati, esatti, un po' più corti, più rappresi di quelli di uno del sud. Sua mamma americana aveva messo un'aria di ovest, di praterie negli occhi chiari, nella fronte schietta e uno scintillio di speroni nel sorriso. Quando rideva si sentiva un galoppo nella gola aperta. Vestiva in estate con una camicia solo annodata e un pantalone senza piega e andava scalzo. E portava eleganza fisica nell'andatura che non si poteva imitare. Lo guardavo lasciare una stanza, aprire una porta, tenere un bicchiere e per forza mi veniva di accorgermi che nessuno sapeva fare quei gesti così bene. Sentiva il proprio corpo in ogni momento. E se gli capitava un incidente, sbattere contro una porta, offendere il piede scalzo, anche nel contraccolpo era elegante, giusto, neanche lì era goffo. Quando si mise velocemente a morire, molti anni dopo, fu perché aveva smesso di stare al centro del suo corpo.

Se ci fu un'intesa, una cotta tra zio e Caia, io non l'ho neanche sospettata. Eppure li ho visti insieme al mare, a casa di amici e c'era scherzo tra loro, ma da ridere, non come quando lui sapeva suscitare meringhe nel corpo delle donne, uno squaglio di cialda in fondo alla gola che le costringeva a inghiottire. Non glielo vidi accennare con Caia il suo passo di fascino né a voce, né coi gesti di premura che facevano di una donna la regina di quell'ora.

Non mi accorsi di niente, neanche la volta che Caia venne con Daniele a pesca con noi. Fu deciso all'improvviso e così mi trovai al mattino presto sulla spiaggia a essere di troppo. Zio fece faccia seccata, Daniele non mi aveva avvisato di restare a casa. Chiesi scusa a zio e li salutai. Ma Caia s'impuntò con uno scatto di voce perentorio, fuori misura. S'immischiò tra noi cogliendoci di sorpresa perché una donna, una ragazza non doveva entrare in faccende di maschi.

"Lui è qui e viene con noi", un tono che era meglio far finta di non aver sentito. C'era prima luce, mare quieto, le sue parole fecero un piccolo chiasso. Zio la guardò bene in faccia, fece un gesto con la testa e io spinsi la barca verso il largo salendoci al volo. Caia cambiò subito umore quando vide di essere stata esaudita. Zio le restituì un sorriso leggero in cambio.

Su una piccola barca da pescatori se si va con lenze, non se ne possono calare troppe, che facilmente sul fondo, per le correnti e gli strappi dei pesci, si mischiano ed è un guaio poi scioglierle. Sapevo questo, dunque non avrei pescato, ma non m'importava. Mi spiaceva invece che zio avesse a bordo una persona di troppo. In cinque non si stava comodi, così per il viaggio d'andata mi piazzai a prua con le gambe di fuori, per togliermi di mezzo. Nicola al timone, zio steso, Daniele a tagliar esche: Caia venne a prua. Si sdraiò mettendo la testa vicino al mio ginocchio. Potevo vederla dall'alto, una sua ciocca si sporgeva oltre la barca e ballava secondo il beccheggio. Il mare luccicava dietro di lei da dover stringere gli occhi. "A volte tu somigli in qualche gesto a una persona che mi voleva bene." Lo disse piano, sotto la soglia di rumore del diesel che andava. Io arrossii come se l'avesse gridato al mondo da un altoparlante. Lo disse senza dover aprire gli occhi. "Tu gliene volevi?", e Caia fece un piccolissimo sì di testa.

Andammo verso la secca di Capri. Il viaggio durava, il chiasso del motore l'aiutava a dire. Avevo fatto la punta all'orecchio per sentire la frequenza della sua voce, l'avrei sentita anche in una burrasca. Da poppa non si poteva vedere che stavamo parlando. Io rispondevo senza guardarla, fissando l'avanti, dicendo parole per il vento. Ci fu un'onda più alta, la vidi arrivare e capii che le avrebbe fatto sbattere un po' la testa sul legno, così al momento all'impennata di prua infilai la mano tra la sua nuca e la barca, attutendo il colpo. La ritirai subito. Caia mi guardò da sotto, faccia seria, da bambina che sta a una finestra e aspetta un ritorno. Vedeva qualcosa da lontano, da dietro di me, una mano che le reggeva la nuca chissà quanti anni prima. Tenni i suoi occhi in faccia, pensai che mi vedeva contro il cielo senza nessuno intorno, senza terra.

Credo che parlammo di religione, che lei ne aveva una, che le piaceva rivolgersi a un tu distante, ma non in una chiesa, in un luogo chiuso. Rispondevo che non sapevo niente di Dio e di amore. E lei credeva che c'erano anime capaci di stare accanto a noi, che non ci abbandonano. E io invece non avevo nessuno da chiamare anima o angelo e non mi accorgevo di quello che sentiva lei. E lei diceva che le anime a volte hanno una gran voglia di farsi riconoscere e allora per qualche secondo entrano nel corpo di una persona vicina e fanno da lì dentro un gesto o dicono una cosa per la quale lei riconosceva la presenza e però non riusciva a essere così pronta da rispondere in tempo, per farle sapere che aveva ricevuto il cenno d'intesa. E a me non capitava quello? Mai? No, anche se avrei voluto dirle: anch'io, sì, sempre, come te, ovunque, sì, d'ora in poi riconoscerò chi neanche conosco. Ma non potevo mentire a Caia, nemmeno per compiacerla nella sua prima volta che mi rivolgeva la parola sotto la copertura di un diesel.

Daniele la chiamò, lei tornò a poppa a imparare come s'innesca l'amo. Quando la barca fu sulla secca e il motore si spense, le voci mi arrivarono a prua come un secchio dal fondo di un pozzo, traballanti, spezzate. Gettai l'ancora, la fissai, venni al centro della barca mentre Daniele gettava la sua lenza a prua. Zio a poppa, Nicola e Caia ai due bordi e per il tempo che i piombi durarono a raggiungere il fondo ci fu il veloce fruscìo dei nylon sul palmo delle mani. Caia ebbe la prima toccata, una scarica che la spaventò cavandole uno strillo. Zio subito sentì la lenza ballare e rispose schizzando in piedi con strappi di braccia verso l'alto. Poi Nicola, Daniele: eravamo sul branco. Per non tirare su tutti insieme Nicola mi disse di tenergli la lenza mentre aiutava Caia a non fare pallone del filo tirato in barca. Sentii i pesci agli ami di Nicola, almeno due, li tirai su qualche metro per levare i loro guizzi dal centro del branco; che non si spaventassero. "Nzerréa" disse Nicola della prima lenza che saliva: se aveva il peso del pesce all'amo il nylon faceva sul bordo di legno della barca uno sfregamento, un suono cicalino "nzr", "nzr" a ogni bracciata. "Nzerréa" disse Nicola e anche Daniele ripeté a Caia il verbo spiegandoglielo. Salirono a bordo i bei pesci lucenti che già dal fondo splendevano di bianco contro il buio del mare, "ianchéa", biancheggia, disse Nicola, "ianchéa" disse zio dei suoi. Daniele invece tirò su uno scorfano rosso, infuriato, tutto spine fuori, specialmente la seconda dorsale, velenosa, che imponeva cautela per afferrare il pesce e togliere l'amo. Daniele fu svelto, non aveva dimenticato. Aveva imparato da Nicola, meglio di me. Nicola, nome del santo protettore dell'isola, uno in ogni famiglia, nome dato a barche e chiese e anche al monte impennato in mezzo ai castagni, Nicola: tornò alla lenza che mi aveva affidato. Gli dissi a bassa voce che avevo tirato qualche braccio d'acqua alla lenza, lui fece con la testa segno che stava fatto bene.

Fu una buona pesca, il catino di legno si affollava di pesci. Caia si divertiva a fare il conto di quanti ne aveva presi ognuno. Inevitabilmente le capitò di fare pallone con la lenza. L'aveva tirata a bordo in fretta facendola cadere sotto i piedi. Provò a ricalarla ed era un solo ciuffo di nylon. Mi misi a sbrogliarla seduto davanti ai suoi piedi sul pavimento di assi. "Sembra che cuci" disse dei miei movimenti a districare, ampi per dare aria alla matassa e permetterle di sciogliersi da sola. Ci misi un quarto d'ora, un buon tempo per quel genere di imbrogli. Zio le spiegò di farsi cadere la matassa tra i piedi quando recuperava la lenza dal fondo, ma senza pestarla. Zio non era più seccato dell'affollamento, la giornata era quieta, senza barche intorno, la costa dell'isola sfumava dietro la foschìa.

Stavamo in mare senza terra in vista e senza ombre in barca, doveva essere il mezzogiorno. Solo la corrente orientava la prua rispetto all'ancora e sciacquettava a poppa mettendola a sud est. C'era appena un fiato di maestrale.

Zio fece un tuffo, seguito da Caia e Daniele. Nicola e io reggevamo le lenze. Mi buttavo un po' d'acqua in testa, senza fare il bagno. Nicola non disse una parola a Caia. Donne a pesca non ne avrebbe portate, non era usanza. Non se ne infastidiva, ma era intimidito, "Sto in soggezione" diceva.

Nel viaggio di ritorno Daniele prese il timone, zio calò un filo a traino dal legno di poppa, Nicola si mise a pulire i pesci. Me ne andai a prua e Caia mi raggiunse. "Se arriva un'onda grande proteggimi la testa." Avrei pagato sangue per un po' di mare mosso, ma si viaggiava in favore di corrente, le onde facevano da spinta e Daniele era bravo a sfruttare l'angolo buono per scivolare giù dalle creste come in discesa. Non venne l'occasione di fare da cuscino alla sua nuca. Caia si addormentò. Avrei voluto bagnarle i capelli perché non si scaldassero troppo, ma l'avrei svegliata. Riuscii a mettere il corpo in modo da farle ombra almeno sulla testa. Dormiva con le labbra aperte. Avrei voluto mettere l'orecchio sul suo fiato per ascoltarlo. Non c'era solo fiato in quel sonno, ci dovevano essere parole, forse in una lingua che non avrei capito. Avrei voluto mettere il naso su quel fiato, fiutarlo dal fondo del petto profumarsi in gola mischiandosi all'incenso della sua saliva, avrei tirato su nel naso il rosso delle sue branchie di pesce di fiume, la condensa dei boschi svizzeri. Non avrei voluto mettere la mia bocca sul suo fiato: la mia bocca non avrebbe capito niente di quello che esalava dalla sua, avrebbe solo succhiato alla cieca, da ladra spudorata di aria del suo respiro. Il mio corpo sforzato dalla posizione le fabbricava l'ombra, rispettando il compito di custode.

Non c'è ritorno, pensavo, questo viaggio manca di simmetria, è solo andata.

Se Caia ebbe un'intesa d'amore con zio e Daniele, allora in quel giorno di pesca riuscì a trovare la linea di mezzo tra loro due solo a prua. Al risveglio rideva dell'odore di pesce sulle mani. Ho saputo solo tardi che la sua impuntatura all'alba per farmi salire a bordo era a contrappeso di un altro viaggio, in cui non era riuscita a portare con sé qualcuno rimasto a terra.

Le nostre estati sull'isola duravano mesi. C'era il tempo di abituarsi a volerci vivere per sempre. Ripartirsene conteneva un grano di esilio. Un anno ci fu la poliomielite in città e noi restammo sull'isola fino a novembre. Senza l'estate era un guscio vuoto, stanze non riscaldate, silenzio di cicale nelle pinete. Ero un bambino allora e vedevo che l'isola era uno scudo, il male veniva dalla terra e doveva arrendersi in faccia al mare.

Daniele faceva canzoni, anche belle, certo più belle di quelle dei dischi. Quell'estate avevo la chitarra, lui la prendeva in prestito per le sere e anche in camera suonava qualcosa. Aveva pensato una musica sua sulle preghiere del Pater e dell'Ave. Gli erano venute bene le melodie, me le cantavo a bassa voce senza le parole. Non sapevo pregare, non sapevo rivolgermi, neanche alle persone.

È bene che le storie dei libri siano senza suono, altrimenti proverei a cantare quelle musiche qui, in mezzo alle pagine. Scendevano in affondi commossi senza solennità, non cercavano l'organo, tutt'al più un violino. Lui era così, però anche duro, anche sprezzante. La mescola produceva un capo naturale, di quelli che in mezzo a una folla prendono la parola e si portano tutti dietro. Lui non ha mai fatto niente di simile, ma io ne ho conosciuti poi di uomini così e spesso mi sono accorto di quanta supremazia e carica mancasse a ognuno di loro per essere Daniele.

Succedeva che gli altri ragazzi lo imitavano negli scherzi, in qualche sberleffo, anche nel camminare. Non ero capace di quell'abilità a ripetere. Gli obbedivo volentieri, imparavo le sue musiche, gli accordi, ma una sua battuta non l'avrei potuta ridire. Era sua, in bocca a un altro era gaglioffa. Caia l'ascoltava cantare, lo guardava con aria di mamma fiera del suo ragazzo, gli sorrideva con un leggero sì della testa. Si poteva solo essere allegri della loro intesa.

Non era venuta altra occasione di stare vicino a Caia. Tornavo alle cose dette in barca, che le ricordavo qualcuno, senza dirmi chi, né io mai avrei chiesto. Avevo un gruzzolo di confidenza avvenuta al volo, ma non mi avvicinavo al suo segreto. Restavo in superficie, aspettando che una sua notizia mi venisse incontro. Ero troppo ragazzo per forzarla e m'incupivo d'impotenza. Nessuno con cui parlare di lei senza tradirmi.

Passavo i giorni: la pesca del mattino, il ritorno alla spiaggia, una visita a Nicola se lo trovavo davanti casa. Cercavo il gruppo di Daniele il pomeriggio tardi. Giorni senza progressi, a sera vedevo il sole scendere troppo in fretta. Con Daniele non parlavo se non era lui a dire qualcosa. Caia gli piaceva, ma ce n'erano anche altre. Era attraente, non importante. Gli avessi detto di Caia, mi avrebbe preso in giro.

Un pomeriggio chiesi a Nicola se aveva fatto caso alla ragazza venuta a pesca con noi. Fece di sì con la testa. Per indurlo a dire qualcosa inventai che si era fidanzata con Daniele. Nicola stette zitto continuando a sistemare il filo della coffa. Sospirò un piccolo fiato, scosse la testa. Non gli piaceva la cosa? "Non sono fatti miei, però è meglio mettersi con donne della propria gente." Forse aveva qualcosa contro i rumeni? Nicola non s'interessava di quello, non parlava di quello. Caia era rumena, lo sapeva? Nicola non sapeva dov'era la Romania. Stette zitto un poco, fermò il lavoro delle mani, pensai che lo stavo disturbando. Gli volevo chiedere scusa, quando con sforzo disse: "La ragazza non è di quella gente là, che dici tu". Che accidenti ne poteva sapere lui? Mi salì sangue in faccia da due parti opposte: dalla collera e dalla vergogna. Per una volta che potevo parlare di lei, ecco che ottenevo il sospetto abusivo di uno che l'aveva vista una mattina e neanche le aveva rivolto la parola. Stavo per alzarmi quando Nicola disse con durezza, scendendo di voce: "La ragazza è ebbrea", con due bi pesanti sulle labbra. Lo scrutai stringendo gli occhi, tra noi era successa una distanza, un urto, uno schiaffo, un tradimento: come? Come lo sai: non riuscii a dirlo, un'ancora si era gettata in gola. "Il nome è ebbreo.

A Sarajevo ce n'erano tante di donne ebbree e si chiamavano tutte Sara e Caia. Non Caia come lo diciamo noi, ma Caia con l'acca forte, come una grattata di gola, Haia. Le bambine si chiamavano Hàiele, Sòrele, all'inizio mi pareva che dicevano Nàpule, sòrete. Ce n'erano assai, poi le portarono via. Prima le rinchiudevano, poi le mettevano sui treni, non nei vagoni, nei carri. Uomini non ce n'erano più quando sono arrivato io. Dicevano che i tedeschi li avevano già ammazzati. Rimanevano solo le donne, i bambini e qualche vecchio."

Le mani erano ancora ferme, la testa su di loro. Poi per rimetterle al fare, aggiunse per chiudere: "Guagliò, che brutta carogna è 'a guerra". E che guerra era, Nicola, quella contro le donne, le creature piccole, che guerra è stata la tua? "Che vuoi sapere, tu sei venuto quando non c'era più niente, né tedeschi, né ebrei, solo americani hai visto tu, contrabbando, borsa nera, tutto il commercio dei dollari. Pure se parlo fino a domani, tu di com'è stata la guerra che ho visto non puoi sapere niente. Si deve sapere cogli occhi, con la paura, con la pancia vuota, non con le orecchie, coi libri. Tenevamo vent'anni, ci hanno pestato come le olive e come le olive non abbiamo fatto rumore. Erano ebbree, ci chiedevano di salvare i bambini, ce li mettevano in braccio a noi soldati italiani che eravamo i nemici e noi non potevamo fare niente." Nicola s'impuntò in gola con le ultime parole e non poté più dire altro.

Niente: tu solo Nicola, riuscivi a dire questa parola scavandola dentro all'impotenza, al terrore: niente, ci sono dei niente che non si staccano più. Ogni volta che sento dire niente, non è vera questa parola, non la sanno dire. Non sanno cosa è il niente, tu lo sai e lo sanno quelle donne che offrivano bambini in braccio a nemici sconosciuti. Non potevo risponderti, ero un ragazzino che non capiva neanche la luce del sole: Caia era ebrea. Arrossivo di non averlo pensato, con le mie pretese di scoprire un segreto, con i pezzi di confidenza che mi aveva offerto. In cosa mi credevo diverso dagli altri ragazzi di città in vacanza sull'isola, capaci di accoglienza per indole, per usanza pigra, senza spirito d'incontro e di conoscenza verso l'ospite? Caia era solo un nome buffo per noi. L'accidente di un pescatore del sud spedito a fare la guerra in Jugoslavia portava la più semplice notizia. Era di un popolo eliminato casa per casa, i genitori erano stati uccisi. La sua vita dipendeva da una salvezza, era separata dalla nostra esposta tutt'al più ai morbi del sud. Forse era una delle bambine messe in braccio a uno sconosciuto che la portasse in salvo.

Chiesi a Nicola di ripetermi il nome, come lo ricordava, e quel diminutivo. Haia, Hàiele, Haia, Hàiele, Haia, Hàiele: un'acca forte mai sentita prima e poi le vocali di un piccolo grido. Imparavo il segreto pronunciando un nome. Ebbi paura che qualcuno ne fosse già a conoscenza. Nicola non ne aveva parlato neanche con zio, anzi non ne voleva parlare affatto e giusto perché io chiedevo cose di guerra a lui gli era venuto di dire così, ma si era pentito di avermelo detto e mi chiese di non ripetere a nessuno quella cosa. Non era giusto mettersi nei fatti degli altri.

Promisi facilmente, con sollievo. Dissi che non avevo capito niente, che non ero stato capace di arrivarci da solo. Nella sua lingua veloce Nicola mi disse: "Io nun capisco manco 'o mare. Nun saccio pecché 'a varca galleggia, pecché 'o viento 'e tempesta fa onda a mare e polvere 'n terra. Campo a mare da che 'sso nato e nun 'o capisco. Eppure che è? È sulamente mare, acqua e sale, ma è funno,* funno assai". E poi mi confuse con il pensiero che forse la ragazza non sapeva niente della propria origine. In questo caso il suo segreto era solo mio, non avrei potuto condividerlo neanche con lei.

Mi alzai dalla sabbia dei pescatori suonato, ubriaco, aggrovigliato di vergogna. Senza Nicola, maestro anche di quello, non avrei saputo niente della più desiderata verità. Il segreto di Caia mi era stato offerto in dono, visto che con i miei pensieri non l'avrei acquistato. Me ne andai verso il castello aragonese, sul ponte dell'istmo che lo salda alla terra. Scesi tra gli scogli per bisogno di vuoto avanti agli occhi, mi fermai in un punto che lasciava sgombero l'orizzonte, solo acqua. Cominciava sera. Per lo stordimento mi addormentai. Era notte al risveglio, un freddo nella testa, un garbuglio di stelle in altissimi cieli, primi passi legnosi, poi sciolti, poi la voglia di correre e perciò una corsa in strade svuotate, accompagnato a tratti da cani da caccia lasciati sempre liberi sull'isola. Una felicità senza bersaglio, pietre tiepide sotto la pianta

* Profondo.

41

del piede, un piccolo vento nelle orecchie, un assalto di sete, il ritorno a casa da ladro, una lavata di piedi, Daniele in stanza che dormiva con un fischio al naso, la chitarra sdraiata sui sandali. La sollevai, l'agganciai al chiodo, la sua cassa armonica reagì con un piccolo "la" e in testa mi tornò il nome, Haia, Hàiele, così seppi di cosa ero felice. Balbettai il nome fino al sonno.

Al mattino trovai le proteste di mamma e le domande di Daniele. Mi ero addormentato sulla spiaggia, ero andato a vedere la pesca delle lampare e non mi ero accorto del sonno nella sabbia calda. Mi uscì vera sfrontata quella mezza bugia. Non ne dicevo mai. Daniele disse che l'aveva pensato e si era offerto di andarmi a cercare proprio lì sulla spiaggia. Non sarebbe ricapitato, promisi. Da noi era proibito giurare. C'era un calmiere delle espressioni solenni, bastava dire con impegno: prometto che.

Haia, Hàiele diventava la mia musica in testa, la ripetevo al mattino appena sveglio, ci chiudevo i pensieri sopra all'ora del sonno. Gli innamorati pregano con una parola sola, un nome. Non lo scrivevo, non lo pronunciavo, non dovevo compromettere il segreto lasciando tracce.

Una sera anch'io stavo nel gruppo in un giardino molto vicino al mare, era una festa. Un ragazzo metteva e toglieva dischi vivaci, balli da far salti e giravolte. Caia rimbalzava tra braccia e camicie, così la vedevo dal mio posto. Per bisogno di pausa venne a sedersi vicino a me, un gesto simpatico, non mi ero accorto che mi aveva visto. Si asciugò un velo di sudore con il dorso della mano e per ridere me lo passò sulla faccia. Sorrisi del sudore in prestito, non lo asciugai. La musica ripartiva, lei rifiutò di tornarci in mezzo, rimandando a dopo i ragazzi che la chiamavano. Daniele si stava appartando in un angolo di giardino con una ragazza. Caia voltò le spalle alla festa, si volse al mare così che stavamo seduti di fianco ma in direzioni opposte. Disse: "A volte vedo il mondo capovolto. Quand'ero bambina c'era un fiume con gli alberi lungo le rive: io lo rovesciavo e vedevo che gli alberi reggevano il fiume, i ponti erano amache per sdraiarsi all'ombra della corrente. Anche adesso vedo il cielo come un pavimento".

La sua voce non badava a essere ascoltata, era pianissima, sapeva che io riuscivo a sentirla. Non cambiai posto sul sedile di pietra, mi buttai un po' indietro poggiando le mani dietro le spalle. "Io vedo il ballo come una corsa, dove ognuno si precipita per essere raggiunto." Inventai questo pensiero per non restare zitto a fianco delle sue parole, per dimostrarle che avevo sentito, che avrei sentito sempre. "Allora non balli perché non vuoi essere raggiunto" disse pronta, sorridendo, "ma adesso ti acchiappo io" e s'alzò in piedi tirandomi per un braccio. Tentai resistenza, ti prenderanno in giro, non so muovere un passo. "Se sai stare in piedi su una barca, sai anche ballare." Non provai a dire che era il contrario, che l'equilibrio in mare era la resistenza a oscillare, a perdere piede. Le dissi in ultima preghiera: "Tutti vogliono ballare con te, se fai fare a me un giro mi renderai antipatico. Già è tanto che sopportano un ragazzino in mezzo a loro". "Tu non sei un ragazzino, tu sei un vecchio, sei antico, uno di un'altra generazione. Ti nomino mio antico cavaliere" e tirò così forte da non potermi opporre se non volevo farle male. Andò al giradischi e mise una musica lenta. Mi prese la mano e guidò l'altra dietro la sua schiena e mi portò nel centro della musica. Gli altri profittarono per fare altrettanto. "Perché hai detto che sono vecchio?", chiesi e mi accorsi che mi era uscito un timbro grave in gola. "Sei vecchio all'improvviso in una maniera meravigliosa, sei qualcuno venuto da lontano come me, che si trova sbarcato su una nuova terra e ha i capelli bianchi e sta pensando a come se la potrà cavare."

Il morso della murena aveva lasciato un disegno di buchi, una lettera chiara sulla pelle scurita. Teneva la sua mano proprio lì e quello era il gesto più intimo che mi era stato rivolto da una donna. Toccava la superficie di un dolore, una presa pulita capace di richiamarlo come di attutirlo. Io ci sono, diceva la sua mano sulla ferita, per tutta una musica ti accompagno lontano e ti tengo il dolore nella mano.

Io seguivo la sua volontà stretta sul morso e dondolavo appena, meno di una barca di sera. Mi teneva nelle sue braccia, senza stringere però, con una piccola presa risoluta. Obbedivo e dentro di me succedeva un'altra età, remota, di là dagli anni. Diventavo come lei mi vedeva e voleva. Haia, Hàiele, il suo nome in testa si appoggiava alla musica, ai piedi che si sfioravano in tondo e riuscivo a sentire la risacca delle onde a riva sugli scogli. Il nome cadeva sullo scroscio. Il suo fiato mi passava sul colletto sgualcito. Non ero più un ragazzo accanto a lei. Haia, Hàiele era il respiro delle cose intorno a portare quel nome, io lo ascoltavo in testa come una regola per non vacillare, Haia, Hàiele.

"Che hai detto?" s'interruppe, si fermò, piantò i piedi e si staccò da me. "Che hai detto?", niente, non credo di aver detto niente, no tu hai detto, mi hai chiamato, come mi hai chiamato? Non dissi nulla. Lei era ferma davanti a me con la voce tesa di collera ma gli occhi spaventati. Io non potevo aver detto il suo nome, non potevo. Un ragazzo cambiò il disco, ne mise uno sfrenato, chiassoso. Caia mi portò per un braccio fuori del recinto dei salti e mi disse con furia "Non mi chiamare mai più così, mai più" e la voce si spezzò su ogni parola. Dovetti guardarla da stralunato, da innocente, da vecchio, lei strinse le labbra, inghiottì a secco "vammi a prendere qualcosa da bere, anzi no, ci vado io" e mi lasciò.

Tornai al sedile per un poco ancora poi uscii verso gli scogli, verso casa. La musica si allontanava, infine fu sovrastata dal mare e allora potei pronunciare il mio "Haia, Hàiele". Era di nuovo la mia voce a dire il nome, non quella cupa che mi era venuta accanto a lei. La mia voce non poteva aver tradito il segreto pronunciando il suo nome, lo stavo dicendo per la prima volta lì di fianco al mare. Le sue braccia mi avevano confuso fino al punto di non sapere se parlavo o tacevo? Haia, Hàiele, Nicola aveva ragione tranne sul punto della consapevolezza: Caia sapeva chi era lei stessa in mezzo agli altri, chi erano i suoi.

Per qualche giorno non andai con Daniele e anche poco a pesca. Zio aveva ospiti sulla barca. Di pomeriggio mi fermavo più tempo da Nicola ad ascoltare com'era andata l'uscita, che cosa avevano preso. Era il periodo delle ferie di zio e Nicola andava tutte le notti a posare sui fondali le coffe innescate. Tornava a casa per dormire un paio d'ore e poi passava a prendere zio alla spiaggia per tornare con lui a ritirare le coffe. Si prendeva qualche rara cernia, di più gronghi e murene, qualche scorfano, stelle di mare e perfino dei gabbiani che pure di notte seguivano le barche e si tuffavano sulle esche, rimanendo pescati dall'amo e trascinati in fondo. Una volta fu pescata una tartaruga e zio la rimise in mare dopo aver scambiato un bel cenno d'intesa con Nicola. La vedemmo tornare verso il fondo a colpi lenti, senza scatto di fuga.

Bello sarebbe stato settembre quando si va a traino per i tonni, le ricciole, le aguglie e non c'è tutto il lavoro da fare intorno alle coffe. Mi mettevo vicino a lui a fare la cosa più facile, sistemare gli ami appuntandoli sul bordo di sughero mentre dipanava il filo e lo riponeva a cerchi nel paniere. Da noi quel lavoro si chiama "allistare" la coffa. E si veniva in discorso proprio nel punto interrotto la volta prima. Intorno gli altri pescatori facevano lo stesso aiutati da qualche ragazzo. Nicola aveva figli ancora piccoli. Il borgo aveva le case sulla spiaggia in faccia alle barche in secco. I pescatori si davano una mano a tirarle in terra o a metterle in mare, non c'era bisogno di chiedere. C'erano strilli di bambini e un odore di sentina, corretto da qualche punta forte di catrame e da un po' di nafta persa dai vecchi motori. La vita di pesca non era natura, era mestiere di falegname, di meccanico, di ago e filo e solo in fondo, all'ultimo, c'erano i pesci e gli strumenti per prenderli.

Si stava sempre intorno a una faccenda e si faceva sera sulla spiaggia fianco a fianco, faccia a mare mentre la luce calava a spegnersi tra le mani. Il borgo dei pescatori prendeva l'ultimo sole. E gli dicevo che aveva ragione, che lui aveva conosciuto i tedeschi e io gli americani, lui la guerra e io la lenta coscienza di essere nato in una città venduta. Gli americani erano i padroni, non i tiranni criminali che aveva incontrato lui, solo i padroni. Il sindaco era un loro portavoce, il porto era un loro molo, il golfo era gremito di squadre navali, portaerei, sommergibili, incrociatori e la città era il retroterra delle libere uscite di migliaia di marinai stranieri, soldati padroni del campo. La città era il loro più vasto bordello nel Mediterraneo. Orinavano ovunque, era quello per me il loro marchio sopra il nostro suolo.

Non contava niente la nostra polizia durante gli sbarchi. Avevano la loro "police", i loro quartieri e negozi e macchine e cinema. Nicola ascoltava, ma non capiva perché mi dava vergogna quell'America in casa. Stavano lì perché ci avevano liberato. Ci hanno liberato, ma a Napoli non l'avevano finita più con la liberazione. Nel resto d'Italia non c'erano città tenute dagli americani. Napoli era diventata capitale di guerra dei mari del sud. Comandavano loro, noi eravamo uno dei tanti scali militari da tenere per motivi strategici. Provavo vergogna d'improvviso in quell'anno per la città venduta. "Ma tu li odi gli americani?" No, Nicola, loro fanno il mestiere con un po' di puzza al naso per noi latini, se ne vanno in giro imbambolati o diffidenti e se gli vedi in faccia un'altra espressione è opera dell'alcol. Io odio i tedeschi senza averli mai visti nelle divise che hai conosciuto tu, e poi odio la gente che governa la mia città offerta a cosce aperte ai marinai. Nicola ammetteva di averli odiati, i tedeschi, ma poi non più: "Oggi sono solo dei turisti, anche se non posso sentire quella loro parlata. Mi pare di risentire quei comandi strillati e in fondo ai comandi l'ordine: 'foier', fuoco. Chi se li può scordare, strilli e spari. Perciò oggi se incontro un tedesco che ha la mia età o più, lo scanso. Ma non li odio. Solo allora in Jugoslavia li ho odiati, gli ho augurato la morte".

Io non posso scansare gli americani, però non sono miei nemici. "Tu hai pure il sangue loro – diceva Nicola – tua nonna non te lo perdonerebbe." Vero, c'è un quartino di sangue americano nel mio litro, ma non l'ho mai sentito muovere. Si è tutto sciolto nell'intruglio napoletano. "Però tu sei un poco americano – continuava – te ne stai zitto come un forestiero. Noi quando stiamo zitti si capisce in faccia quello che stiamo dicendo. Tu stai zitto e si vede che stai in un'altra terra, che stai come me nella famiglia di Sarajevo, Dio la benedica là dove sta, che non riuscivo a chiamare per nome, che era difficile come tutte le parole di quella lingua." Si vede, Nicola, che me ne sto zitto in americano.

In uno di quei pomeriggi successe uno spettacolo raro. L'*Andrea Doria*, il transatlantico che faceva le rotte con l'America e aveva scalo a Napoli, passò davanti alla spiaggia dei pescatori. Nel breve tratto di mare tra l'isola e lo scoglio di Vivara si affacciò la prua gigantesca che passava a tagliare la rotta ai battelli di spola. L'isola si ammutolì. Di solito sfilava al largo, la si vedeva da lontano, ma per quella volta la nave cambiò rotta e s'infilò nel canale tra le isole. La scorsi per primo e chiesi a Nicola: "Ma che sta facendo?". Nicola scattò in piedi, mi ordinò di portare le coffe verso casa e dette voce agli altri. La spiaggia dei pescatori fu in subbuglio, tutti si precipitarono fuori. Non capivo che cosa li agitava. Quelli che avevano barche all'ancora davanti alla spiaggia corsero a salirci sopra e a remare verso il largo. Chi aveva barche a riva si dava voce e forza per tirarle più in secco possibile. Intanto la nave si presentava all'imbocco del canale col bianco impennato del mare al taglio della prua. Dal porto la capitaneria fece suonare in segno di saluto le sirene e la nave rispose con un muggito di mostro. Traversò il canale e tutto fu piccolo in faccia alla sua altezza, anche il castello. Il solo fumaiolo era un palazzo. Le barche riuscite a salpare presero le prime onde, le vedemmo saltare sulle creste enormi e i pescatori erano cavalieri di rodeo in groppa a una bestia che scalciava la poppa al cielo. Prese di fianco si sarebbero rovesciate. Ecco il pericolo che non capivo, le onde. Che vennero a riva con forza di flagello, sollevarono le barche, le poche rimaste all'ancora, e le scaraventarono a riva e a riva la schiuma del mare arrivò fino alle case. Fu una raffica di sei onde giganti e poi altre più piccole. Il chiasso della spiaggia coprì le ultime sirene di saluto. I pescatori si davano ancora voce e mano, io non avevo mai visto una macchina così meravigliosa e terribile tanto da vicino. Le onde raggiunsero le barche tirate in secco e ne portarono due in mare. Per buona sorte non si urtarono con quelle sbattute a riva e non ci furono danni. Per il resto del pomeriggio i pescatori si unirono a sistemare lo scompiglio, uno per l'altro. Anch'io presi parte. Nicola mi disse grazie che l'avevo vista in tempo, perché anche un minuto di ritardo poteva fare il guaio. Altri pescatori vennero a ringraziare Nicola, lui indicava me e mi vollero offrire un bicchiere di rosolio.

Mi confondeva il pensiero che quello spettacolo magnifico fosse così rischioso per la gente che viveva di pesca sulla spiaggia. Era già successo, ogni tanto qualche transatlantico infilava il canale per offrire un panorama ai turisti a bordo e con le onde procurava la tempesta dei cinque minuti, sufficiente ad affondare le barche.

I pescatori non erano in collera. Anche le navi appartenevano al mare, alle trombe d'aria, alle burrasche e a tutta l'ostilità di natura contro la quale tentare resistenza. La pazienza si vedeva sulla bocca, dopo le onde e il lavoro di rimettere in ordine la spiaggia, i pescatori fumavano e sorridevano del buon successo delle loro difese.

Il gruppo di Daniele si trovava in spiaggia e alla vista dell'*Andrea Doria* a nuoto aveva raggiunto il motoscafo di uno di loro per andare incontro alla nave. Avevano rischiato di ribaltarsi sulle onde però poi nella scia avevano viaggiato sopra un tappeto inseguendo la nave per un poco. Sotto la poppa avevano provato una vertigine rovesciata, di sentirsi affacciati su un abisso. Queste impressioni erano di Caia pronta alle visioni e al sottosopra. Il rumore delle eliche faceva bollire il mare avanti a loro con un tuono perpetuo e il chiasso della sirena di risposta della nave era il suono di un corno d'ariete della sua infanzia in un giorno di festa.

Fu quella sera stessa, dopo il passaggio della nave. Ci eravamo incontrati per caso, la prima volta dopo la sua collera in giardino per il nome. Lei scendeva verso mare, alla casa dov'era ospite, io risalivo dalla spiaggia dei pescatori un po' sporco di sabbia, d'olio, di grasso, com'erano le barche dopo il subbuglio. La vidi venire e quando si accorse di me s'avvicinò di corsa, allegra, sbattendo le sue ciocche all'aria e i suoi sandali a scivolo sulla strada liscia. Mi raccontò felice tutta l'avventura, l'allegria sfrenata e gli strilli sul motoscafo impennato e la delusione che fossero finite le onde e la meraviglia della piazza bianca di mare piatto procurato dall'immensa poppa e tutto il resto fino al corno d'ariete. Si fermò su quel cenno d'infanzia, che io allora non potevo capire, il suono dello *shofàr* in sinagoga il giorno di kippùr. Non conoscevo quelle feste. Si fermò, come in mezzo al giardino del ballo, di certo ricordò il suo scatto e il distacco, ma mi guardò in un altro modo, come una ragazzina davanti a un uomo anziano. Anche la sua voce perse il tono avvolgente, sicuro, per mettere un trillo infantile. Mi vide sporco, mi rimproverò di non stare in vacanza, di stare troppo dietro alla pesca. Non volli raccontarle il trambusto della spiaggia dei pescatori, guastandole la gioia della nave con un effetto secondario di paure. Feci di sì con la testa, mi accorsi di com'ero malmesso di fronte a lei. Provai un raschio nella gola, feci un gesto a mani aperte a indicare il disordine dei panni e dissi in uno strano tono grave "mi dispiace". Lei a bassa voce quasi senza aprire le labbra mi disse: "Fammi sentire ancora il mio nome". La guardai, non negli occhi, un po' più sopra, all'attaccatura dei capelli dove il liscio delle sue ciocche di carrubo spiccava forte e dove mi sarebbe piaciuto baciarla. "Hàiele", dissi con una voce non mia. "Ancora." "Hàiele." Chiuse gli occhi fino a stringerli, poi li spalancò e disse: "Cerca di non far sentire la elle, scioglila in bocca come una caramella" e mi fece sentire il suono. Ripetei il suo nome. "Così, io mi chiamavo così, come hai detto ora. Non voglio sapere come fai a saperlo. Non ti voglio raccontare niente. Tu non dire questo nome davanti agli altri. Per tutti io sono Caia. Solo per te io sono Hàiele. Sei capace di questo?" Stavolta chiusi gli occhi io, non vidi più il punto della sua fronte, dissi di sì con quella strana voce grave, tono profondo di trachea, un basso di chitarra. Lei mi baciò la guancia che avevo gli occhi ancora chiusi. "Ti voglio bene Hàiele", "Lo so" e si staccò di un passo. Cambiò tono, ritornò Caia dicendo: "Fatti vedere in giro e datti una bella strigliata".

A casa raccontai a Daniele le onde sulla spiaggia dei pescatori, la bravura di Nicola, l'aiuto che si erano dati gli uomini. Non disse niente della corsa in motoscafo dietro la nave, forse non ne aveva fatto parte. Era vestito da tennis, era appena tornato da una partita. Eravamo tutti e due sporchi di vacanza d'isola, di sudori diversi. Quella sera mi sgrassai in acqua dolce e sapone, uscii dal bagno senza un grano di sale addosso. Dissi a Daniele che mi ci voleva un bagno a mare. Era sera e lui rispose "Buona idea, provo a convincere gli altri a fare il bagno di notte". Ci sarei andato per togliere quell'insaponatura dalla pelle. Mamma intervenne, chiese a Daniele se non era strano che un ragazzo non stesse coi suoi coetanei. Cosa ci faceva in un gruppo di più grandi? Daniele rispose che ero più avanti di quelli della mia età e che mi trovavo meglio con loro. "Ma voi gli date retta?", continuò a chiedere. "Tu lo conosci zia, lui si mette a parlare con qualcuno oppure sta a guardare e quando è stufo se ne va, neanche saluta", disse, fingendo un rimprovero. Era di scherzo, d'intesa. Era estate, anche se appartenevamo ad anni severi, anni di dopoguerra, quei mesi dell'isola erano una zona franca. Erano permesse libertà impensate e i caratteri di ognuno potevano manifestarsi, approfondirsi. Noi diventati adulti dopo quel tempo, siamo frutto di un'isola, più che di terraferma.

Quella sera uscii con l'asciugamano che mamma m'impose di portare e con un maglione. La spiaggia era buia, luce veniva dalle lampare a mare, una striscia sull'acqua. Daniele era già lì col gruppo e mi chiese di andare a prendere la chitarra a casa. Era il genere di servizi che si chiedono all'ultimo della comitiva, per me era naturale farli, ma lui me lo chiese con garbo. Qualcosa stava cambiando quell'estate, diventavo un altro agli occhi degli altri e non capivo chi. Tornai che già cantavano e c'era del vino. Non mi piaceva berlo ma ebbi un bicchiere in mano a ricompensa della chitarra. Mi sedetti fuori del loro cerchio a bagnarmi la bocca a sorsini. Era una notte ferma. Il mare a riva non riusciva a muoversi di un passo. Quand'è così non è nemmeno mare, pare cielo. Sul crocchio delle nostre teste stavano fitte a gragnuola le stelle, senza fiato nei pini.

Daniele cantava una canzone sua che gli altri conoscevano già, unendo a coro le voci nel passaggio riuscito del ritornello. Caia era vicina a un ragazzo che non avevo visto prima. Finito il vino, mi spogliai e entrai nell'acqua immobile. Mi muovevo piano per tener fermo il mare, a ogni colpo di gambe scivolavo veloce senza resistenza. Mi venne di nuotare al largo. Con gli occhi aperti sott'acqua vidi una lucentezza. Quando capii cos'era ci stavo in mezzo, sciame di meduse. Sentii bruciare le mani, mi girai di scatto e picchiai il nuoto più veloce che potevo. Ne fui fuori, ma appestato di scottature. Gli altri erano in acqua, avvertii Daniele delle meduse, venivano alla spiaggia. A riva mi tastai la pelle, era come dopo un tuffo alle ortiche, accesa ovunque tranne in faccia. Mi asciugai per rivestirmi, i panni mi pesavano addosso.

Intanto la luminescenza era vicina a riva e tutti risalirono. Caia salì dall'acqua tenendo la mano di un ragazzo. Vedendomi si avvicinò per dirmi: "Non mi giudicare, sono una ragazza e questa è un'estate", a bassa voce, chinandosi su di me. Certo che non giudico, Hàiele, sto dalla tua parte, io sono il tuo fondale, la finta scena disegnata alle tue spalle, sono il tuo peggior ballerino, il tuo custode. Di tutto quello che mi passava in testa in risposta alla sua frase, mi uscì soltanto: "Non prendere freddo, Hàiele", che potesse sentire solo lei, mentre le offrivo il mio asciugamano. E lei in rimando con un bisbiglio di tenerezza disse: "Tu, mio", e se ne tornò verso il ragazzo stringendo l'asciugamano intorno alle spalle. Le mie erano un cilicio di spilli, in alto le stelle erano uno sciame di meduse e io dovevo avere la febbre per vederle così.

Tornai a casa a mettermi nudo sul letto. Sentii Daniele ritornare a notte profonda. Si stupì che fossi ancora sveglio. Accese la luce e vide la buffa arrossatura a chiazze. "Ci son finito dentro", dissi. "Meduse? Perché non l'hai detto subito, accidenti, che ci hai messo?" "Niente." Andò in bagno, prese una crema, ne provò effetto su una parte. Andava meglio. Mi fece piacere la sua premura. Mi addormentai su una sua frase: "Un'altra giornata di queste e torni in città con l'ambulanza".

L'indomani mi disse che avevo parlato nel sonno. Non riuscii a far finta di niente, mi preoccupai. Chiesi cosa avevo detto. Non voleva dirmelo, mi prendeva in giro. Poi in una risata ammise che non aveva capito un accidente. Avevo parlato in una lingua inventata, "Tu sei un ucràino", disse la prima parola buffa che gli era saltata in testa. "Avevi pure un'altra voce, bassa, ho pensato che ti eri raffreddato."

Al mattino pioveva. Nuvole basse scaricavano scrosci, s'impigliavano nei pini, poi prendevano il largo. Le strade dell'isola luccicavano, le piante profumavano di terra ristorata. La resina degli alberi si attaccava all'aria, veniva voglia di far progetti per la giornata, salire al monte, attraversare i castagneti, andare alle sorgenti calde. L'isola era piena di pozze bollenti anche a mare, a riva. La pioggia avvisava che l'estate voltava in discesa. "Aùsto capo 'e vierno", agosto capo d'inverno, diceva Nicola.

Andai alla spiaggia dei pescatori, pochi erano usciti in mare, i più stavano davanti alle case tra le barche in secco. Le avevano tirate tutte a riva. Incontrai zio venuto a trattare il prezzo di un motore nuovo. Era un raro caso stare con lui. Dopo la trattativa salutammo Nicola. Lo accompagnai fino a casa. Avevo in eredità il suo stesso nome, un lascito ingombrante. Dovevo misurare la distanza tra la sua compiutezza d'uomo e la mia acerbità aggravata di mutismi. Lui doveva pensare che quel nipote non faceva far bella figura al suo nome. L'antica soggezione che mi prendeva vicino a lui, quel giorno s'era presa una vacanza. Parlammo un po' della pesca ventura, il tonno e le aguglie a traino che avrebbero chiuso la stagione. La giornata era lenta da scorrere, lo sentivo disposto alle chiacchiere, tentai di farmi raccontare qualcosa dei tempi di guerra.

Prima di tutto mi disse che cercar risposte dagli altri è come calzarsi al piede una scarpa d'altri, che le risposte uno se le deve dare da sé, su misura. Quelle degli altri sono scarpe scomode. Non gli sembrava sana la mia fissazione con quegli anni. "Te li avrei ceduti volentieri, avrei fatto a cambio con te e al tuo posto non ne vorrei sapere niente. Per me sono stati una tortura."

Gli ripugnava dire signorsì, si vergognava di stare in uniforme e se la toglieva anche rischiando il carcere militare. L'otto settembre fu il giorno del sollievo. Il fascismo per lui era stato uno spaventapasseri incatramato di nero per essere il contrario del rosso. Fino al guaio della guerra si era trattato per lui di una sgangherata imitazione della storia di Roma. Poi il fascismo aveva fatto il maledetto errore di prendersi sul serio e credersi guerriero.

"Mia madre, tua nonna Ruby Hammond di Birmingham, Alabama, mi ha trasmesso il gusto della libertà, del valore individuale, del farsi strada in proprio. Non potevo nascere in un periodo più sbagliato. Tutte quelle divise, le adunate, le iscrizioni erano una pesante barzelletta raccontata dieci volte al giorno. L'ho evitato più che ho potuto andando in Francia, in Svizzera. Mamma aveva insegnato a tutti noi il suo inglese e il francese di buona famiglia. Era una rarità allora, un vantaggio formidabile."

Anche a Parigi il fascismo gli aveva dato noia. Un agente voleva servirsi di lui come informatore, perché frequentava ambienti italiani. Per disgusto se n'era partito da Parigi, trasferendo in Svizzera i suoi affari.

Poi fu la guerra, il richiamo, accampò scuse, ritardi, ma dovette mettere l'insopportabile divisa. "Non ho visto nemici e non ho sparato a nessuno. Lo so che non ti basta, ma a me è bastato." Zio era riuscito a mantenere un distacco dai suoi tempi, a trattarli con sprezzo puro senza motivi politici, solo per naturale, fisica avversione. Era riuscito a non soffrire d'isolamento, morbo di chi scalcia contro il proprio tempo. Era impossibile prenderlo a esempio. La sua era eleganza di sangue misto che splende per una generazione sola. Noi, loro figli, nipoti di quella nonna, avevamo vaghe tracce dell'incrocio riuscito tra un'americana e un napoletano.

Zio schivò il conformismo dei suoi coetanei in forza di un'indole. Sabotò il fascismo là dov'era più sensibile e gaglioffo, nella virilità, andando a letto con mogli e amanti di gerarchi, anche famosi. Queste cose non me le raccontava, si sapevano, si tramandavano. Gli chiesi se aveva mai avuto dei nemici. C'era stato qualcuno che ce l'aveva con lui, storie di corna diceva, qualcuno che voleva spargli e ricordava una concitata scena d'albergo da opera buffa, con una sua amica che all'ultimo momento si era ficcata nel letto al posto di un'altra mentre l'amante irrompeva. Lui non aveva considerato nessuno come nemico. Aveva però odiato suo zio che alla morte precoce di suo padre si era impadronito del lavoro e lo aveva umiliato costringendolo ad andarsene. Lo aveva odiato. Era giovane allora ed era giusto così. Poi non aveva conosciuto nemici. "Nemmeno i tedeschi?" Nemmeno loro. Sì, sapeva le cose della guerra e pensava che si erano meritati la Germania divisa e Norimberga. Ma lui era stato uno dei pochi soldati di quella guerra che non li aveva conosciuti. E non poteva avercela con loro. Per muovere i suoi sentimenti serviva l'esperienza personale, non la storia.

"Odiare per politica, odiare in astratto, non lo capisco, non lo so immaginare." Parlava calmo per le viuzze dell'isola scansando pozzanghere. Per una volta avevamo le scarpe a causa della pioggia. I piedi stavano nella prima clausura dopo le settimane scalze e chiedevano aria, terra, mare.

"Ma si può sapere perché t'interessa tanto la guerra?" Non avevo nessuna risposta breve, naturale, come venivano a lui. Dissi solo: "Perché è la vostra storia, la sola che impariamo dalla voce e non dai libri". Avrei voluto aggiungere che era la sola di cui potevo chiedere conto, perché c'erano ancora testimoni, vittime scampate e carnefici in piena salute. E uno li poteva incontrare sotto i panni di turisti venuti a spellarsi al sole o sotto il nome di una ragazza straniera di cui innamorarsi e nessuno degli adulti t'insegnava a riconoscere quei passanti, a sapere in che mondo si camminava. E io dovevo chiedere e chiedere a chi non voleva più rispondere e intanto la storia spazzava via la polvere insieme alla cenere dei bruciati e crescevano le foreste sulle fosse comuni e tutta la vita spingeva innanzi e nascondeva dietro. E io m'impuntavo come un asino senza ragione perché gli asini si ribellano all'eccesso di carico e io invece non ne avevo. E se non avevo ragione cos'altro avevo da impuntarmi? Amore, sì, ma anche un ringhio di pena e una piccola furia ancora tiepida, schiuma del mio crescere veloce in quell'estate.

Zio mi diceva che i nemici erano scomodi, che pretendevano troppa attenzione e sentimenti. Che facesse un altro la fatica di esserti nemico, di sforzarsi l'odio in corpo. E faceva il gesto di chi sta seduto al gabinetto, un po' per ridere, perché gli piaceva ridere e sorridere delle cose buffe e buffone che fanno le persone quando fanno sul serio. "Sei ancora giovane per avere dei nemici. Quanti anni hai, sedici? Devi metterti con una ragazza. Daniele mi ha detto che vai con il suo gruppo, ma lì le ragazze non ti danno retta. Guardano i più grandi. Ti conviene stare con i tuoi coetanei, prima che l'estate finisca." Era tornato a parlare con un ragazzo, aveva ripreso il largo dell'adulto. Non potevo riportarlo indietro all'altro tono e invece avevo una voglia terribile di parlargli di Caia, di chiedere di lei.

Eravamo arrivati al cancello dove abitava, un piccolo alloggio fresco. L'estate era per lui un distacco pieno dalla famiglia. Andava su e giù con Napoli per lavoro e le sue ferie erano tutte per sé. La moglie era in montagna con gli altri figli. Daniele che preferiva l'isola, stava da noi. Gli avessi parlato di Caia, di una ragazza, si sarebbe fermato ancora, mi avrebbe detto cose esperte, mi avrebbe preso sul serio, perché prendeva sul serio l'amore. Certo ne avrebbe parlato poi con Daniele. Dovevo rinunciare all'unico che poteva rinfrescarmi la testa e spiegarmi quello che mi stava succedendo. Guardò in cielo il maestrale che strapazzava nuvole mostrando azzurro negli strappi, mi disse a congedo: "Ci vediamo domani a pesca", mi dette la mano, un gesto importante, mai venuto prima. Stavo cambiando anche per lui e non capivo in cosa, tranne che per quel buffo amore sbilanciato da una parte sola.

Mi veniva di colpo una voce grave, che scompariva presto. Mi veniva di mettere le mani in un gesto nuovo, di piegarmele in grembo sotto le ascelle e restare così, come fa uno che se le vuole scaldare. Mi veniva di passarmi il dorso dell'indice sotto il naso senza che ne avessi prurito. Soprappensiero facevo mosse strane, inutili. Avevo l'impressione di ascoltare da lontano la voce di Caia ma non parlava italiano eppure io credevo di capirla. Stavo diventando scemo? Se era così, non era brutto, anzi premeva un amore generale, non avido del corpo di Caia ma di starle intorno, di spuntarle nella mano, di darle appoggio e allegria. Mi cresceva in corpo una grandezza che mi procurava pensieri come: puoi contare su di me, non ti abbandonerò.

Cosa potevo fare mai per lei, che razza di idee si pronunciavano in testa. Le contrastavo e loro si facevano più sfacciate, più salde. Mi sentivo addosso molti anni, un sentimento acuto di intimità trascorsa mi reggeva i pensieri intorno a Caia. I movimenti mi venivano più lenti, il respiro si governava calmo in sua presenza e agitato da lontano. Tenevo le mani incrociate tra loro sulle ginocchia come faceva zio, guardavo il disegno lasciato dai denti. Era un tatuaggio, una lettera rossa sconosciuta.

Stavo cambiando per lei, Caia stava facendo di me qualcosa d'altro e non c'entrava solo l'amore. E dirmi in testa: "Hàiele, Hàiele" mi suscitava una tenerezza di padre che aveva una bambina piccola da crescere, da mettere a letto, lasciando in corridoio la luce accesa.

Il corpo era il solito acerbo, la vita dentro invece si era precipitata in avanti per un comando venuto da fuori, da lontano. Mi spuntava un principio di collera fredda, messa in una calma che non la diminuiva, anzi la teneva sveglia come i nervi dei denti quando succhiavo il ghiaccio.

Una notte ebbi il permesso di andare con Nicola a posare le coffe. Un'intera notte in mare: Daniele ci era andato una volta e non me la raccomandava. Era solo lavoro, buio pesto e silenzio. "Non ti viene voglia di dire nemmeno una parola e poi non è pesca notturna come andare a totani o con le lampare. È solo una lunga preparazione alla pesca del giorno dopo." Era il lavoro di retrovia e volevo per una volta condividerlo. E poi pensavo di accumulare un gruzzolo di impressioni da riportare a Caia. Nicola partiva alle dieci di sera e rientrava poco prima dell'alba a prendere zio per ripartire con lui alla prima luce. In quelle ore di mezzo i pesci avrebbero abboccato agli ami del lungo filo calato sul fondale.

Partimmo con la perfetta bonaccia delle sere d'estate. La barca non muoveva la prua dalla linea di mira della secca di Forio, dall'altra parte dell'isola. Tenni timone lungo la costa mentre Nicola puliva le esche, poi venne lui alla barra. Nel buio cercava i traguardi che per allineamento indicavano la secca. Un faro, la luce di una chiesa, la sagoma a due punte del monte Epomeo: questi i traguardi che dovevano combinarsi ad angolo, tre miglia al largo dell'isola. I pescatori vedono il mare sotto una griglia di linee, ci battono su piste senza bussola.

La notte non favoriva gli scambi di parole, Nicola stava zitto a frugare il buio. Non c'era ancora luna, il mare era vuoto, il cielo acceso. Incontrammo al largo due pescatori che tornavano a remi. Nicola accostò: avevano un guasto al motore. Accesero un lume a petrolio e Nicola passò da loro a dare aiuto. Era il più bravo motorista della spiaggia. Io misi i remi in acqua e mi tenni vicino. Sentivo il parlottìo quieto mischiato allo sciacquo del remo, smozzichi di parole, perché a mare s'intendevano tra loro solo con la sillaba principale, l'accentata, stenografia insegnata dal vento che porta via il resto.

Pensavo alla serata a terra di Daniele e Caia, senza desiderio di voltarmi verso l'isola. In mare non sentivo distanze. Salì un terzo di luna perdendo la buccia rossa sul lastrico dell'acqua ferma. L'odore forte delle esche insaporiva l'aria, ora che non si andava. Gettavo con il pugno spruzzi sulle ceste. Il legno dei remi combaciava con il palmo, le gambe divaricate una avanti e una indietro, a reggere la spinta del corpo sui remi: ecco, aderivo all'uso, al mestiere, all'ora della notte, c'era un posto per me in quel largo di mare, un posto da poggiare piedi e mani e fare il necessario. Caia era terraferma, storia femmina di un secolo che mi afferrava il bavero per amore e furia, ma non lì, non in mare. Lì ero nelle notti comuni delle estati innumerevoli della terra, ero coetaneo del pianeta, uno della sua specie insonne.

Passò un'ora prima che Nicola arrangiasse una riparazione provvisoria. Accostai e ripartimmo verso il largo, mentre l'altra barca rientrava. Appena un saluto si scambiarono gli uomini tra loro.

Arrivammo sulla secca con un po' di vento da poppa. Spento il motore Nicola cominciò a sbrigarsi con il filo e le esche, la luna era piccola ma forte. Gettò il galleggiante di segnalazione con uno straccio bianco in cima a un bastone, io ero già ai remi a spingere nella direzione chiamata da lui. La barca andava e Nicola a poppa calava svelto il filo di coffa con l'esca immorsata. A ogni inizio di matassa diceva a bassa voce un augurio di pesce pregiato da trovarci al mattino: dentice, orata, cernia. Si progrediva bene e un vento rinfrescava il lavoro. Dovevo forzare un poco il giro di polso a tirare su il remo dall'acqua, perché cominciavano onde.

A metà lavoro si coprì la luna, si fece teso il vento. Nicola non fumava, non un buon segno. Obbedivo alla sua voce: "a dritta", "a manca", il mare copriva il mio fiato grosso, di cui mi vergognavo. Quando Nicola mise in acqua il galleggiante terminale con la bandiera, il vento la teneva dritta, le onde rinforzavano e io ero stracquo.* Il motore partì, erano le due ed eravamo già fradici di schizzi.

Il mare montava da prua, le creste delle onde erano strappate dalle raffiche. Avevo portato una lana leggera, già bagnata, Nicola mi disse di metterla che anche così serviva. Non ci dicemmo più niente. Con un secchio levavo ogni tanto l'acqua che entrava dai bordi. Il buio ingrandiva il rigonfio e l'urto delle acque. Il mare non è una pianura nella burrasca, ma una salita piena di fossi. L'isola era scomparsa dietro il vento.

Stava accadendo uno scarto tra le impressioni che avrei voluto raccontare a Caia e il crudo dell'esperienza che ricaccia indietro i sensi e fa affiorare la pura spinta del resistere. Non andavo più dietro alle lucciole da mostrare nel pugno a una ragazza, ero sotto la soma di un carico da portare in fondo. Scavavo nel sacchetto delle mie risorse col pensiero di trovarne ancora. La mia magrezza tesa si accartocciava a straccio sulle coffe vuote. Nicola si teneva al suo legno ed era un pezzo di barca, più albero che uomo.

In cima a un'onda lunga Nicola vide il bianco della barca dei due pescatori. Era alla deriva. I due avevano rinunciato ai remi, inutili contro quel vento e la riparazione non aveva sopportato gli scuotimenti. Si erano rifugiati sotto la piccola coperta di prua dove c'erano gli arnesi da pesca. Nicola accostò sopravento e con un grido li chiamò fuori, che stessero pronti ad agguantare la cima. Mi sembrò subito che a trainarli non ci saremmo mossi con quel mare, che già

* Stremato.

65

andavamo a stento. Non c'era altro da fare. I pescatori non avrebbero abbandonato la barca ed era impossibile fare un trasbordo. Nei loro gesti era tutto già scritto: Nicola doveva tentare il traino e loro avrebbero tagliato la cima se la nostra barca non ce l'avesse fatta. Non si dissero altro che quel grido di "agguanta". La cima finì in acqua e riuscirono a prenderla con un arpione.

Così fummo nel mare a sbattere di prua, zuppi e sordi di vento e io non capivo se ci muovevamo o no. Poi Nicola mi chiese se me la sentivo di faticare, non chiesi a cosa, sì me la sentivo, per battere il freddo. Allora girò un angolo di rotta, prendemmo il mare meno di prua, di più sul bordo e cominciammo a imbarcare acqua. Capii dopo che Nicola cercava di entrare nel sottovento dell'isola, rinunciando alla linea di ritorno, nella speranza di raggiungere un tratto di mare meno esposto. Sul momento ebbe effetto di dare fianco alla burrasca. Tiravo il mare a secchi dalla barca, almeno mi scaldavo. Lo stesso facevano i pescatori dell'altra barca. Perdevo l'equilibrio continuamente. Nel buio furioso della notte sentii le sillabe secche di Nicola alle spalle: "Né paù", che sono il resto di lingua di "Non aver paura". Senza girarmi feci con la nuca il segno di no.

Fino ad allora non ci avevo pensato. Se lui avesse avuto paura ne avrei avuta più di lui, ma finché era alla barra e decideva il viaggio, non veniva paura. Non avevo esperienza di burrasche, non sapevo i gradi del pericolo e di certo ce n'erano di assai peggiori. Incassavo l'urto del mare, gli strappi del secchio nella

schiena senza conoscere quanta forza la barca teneva di riserva per reggere. Ero con la migliore gente
del mestiere, sulle loro piste, in una delle loro notti.
Lontano dai pensieri era la paura di una rovina.

Un'onda riempì la barca sopra la caviglia, Nicola
raddrizzò la prua contro i nodi del vento per darmi
tempo di svuotare, poi ritornò a farsi investire dal lato di bordo. Così fu per molte volte. Quanto durò
quel mare: quanto le mie forze, contate per raggiungere il pareggio.

Mi accorsi che la notte sbiadiva a levante solo quando entrammo nel sottovento dell'isola. Allora un profumo di polvere, di pini, di giardini, si levò da terra
verso il largo, più forte del caffè da una cucina. L'isola era una tazza scura e profumava a mare. Alzai la
schiena, e riascoltai, stavolta a voce spenta: "Né paù"
e mi voltai a fare di no con la testa, di fronte, per guar-
darlo in faccia. Per tutta la burrasca non l'avevo visto.
Era zuppo e grigio in faccia come l'alba.

Venne infine il sole e l'Epomeo coi suoi ottocen-
to metri ruppe il vento davanti a noi fino a rialliscia-
re il mare. Arrivammo nella baia di Sant'Angelo e il
primo suono di terra fu una campana che chiamava
messa. Nel toccarmi le costole della schiena sentii l'orgoglio di avere lavorato in una burrasca. Sulle facce
dei pescatori non ce n'era: per loro quella notte era
solo il lavoro, il viaggio per il pane, e dovevano pa-
garlo così duro, così duro. Mi cancellai l'orgoglio dalla faccia passandomi la mano a chiudere occhi e bocca, nascondendo l'impulso di parlare di quello, della notte. I pescatori si scambiarono voci che non ascol-

tai. Sciolsero la cima del traino e tirarono fuori i remi. Solo allora vidi il ramo di ulivo in cima alla prua della loro barca. Era rimasto al suo posto.

Noi sbarcammo sul piccolo molo per avvisare zio all'altro capo dell'isola che non si poteva arrivare da lui. A terra, coi piedi sulla pietra scura e calda mi voltai verso il lato dell'isola dove dormiva Caia a quell'ora. Non le avrei raccontato la mia piccola burrasca di ragazzo.

I miei coetanei non mi salutavano più. Ma c'era tra loro una ragazza di quindici anni che mi seguiva con gli occhi quando incontravo il loro gruppo. Solo l'estate prima avrei fatto capriole in piazza per una sua attenzione. Mi spiaceva quell'errore di tempo che scombinava i desideri senza farli incontrare. Mi sarei voluto spiegare con lei, ma mi mancava la spinta ad avvicinarmi. Le ricambiavo gli occhi nei passaggi obbligati dell'isola.

Un pomeriggio la vidi passare da sola sulla spiaggia dei pescatori. Era un posto fuori dalle passeggiate, da raggiungere apposta. Stavo di spalle al mare di fronte a Nicola e la vidi venire guardandosi intorno. Aveva un vestito da campagnola e i sandali da uomo e una nuvola di capelli chiari sciolti, lavati di fresco. Le feci un cenno, lei mi salutò fermandosi a distanza. Non sapeva che fare, così mi alzai e lei mi venne incontro. Le presentai Nicola, "piacere, Eliana", Nicola si scusò che non poteva darle la mano che era sporca, lei gliela prese ugualmente sul lato del dorso e fu chiaro che eravamo in tre in imbarazzo. Chiesi dov'era diretta, alzò le spalle a dimostrare in nessun luogo e prima che potessi augurarle buona passeggiata mi aveva già chiesto di accompagnarla. "Fino a lì?" chiesi, ripetendo il gesto che aveva fatto lei. Sorrise con un sì. Salutammo Nicola e c'incamminammo verso il castello dove le strade dell'isola finiscono.

Passammo nei vicoli, io scalzo e arruffato lei pulita e diritta. Le spiegai il desiderio che avevo d'imparare la pesca. Le raccontai che frequentavo i ragazzi più grandi quell'anno perché c'era mio cugino Daniele, ma che pure lì, come tra i miei coetanei, non mi trovavo bene. In un momento mi prese la mano per camminare così. "Non sono buono a reggerti la mano, già te la sporco. Sono cambiato, non so neppure come. Ho dei pensieri da uomo, avere figli, lavorare, lasciare gli studi. Mi è venuta fretta d'imparare lontano, non posso venirti a prendere sotto scuola con un motorino che non ho e non desidero. Non posso portarti alle feste il sabato, farmi conoscere dai tuoi genitori come il tuo ragazzo, sentire che dicono sì, è un bravo ragazzo. Non sono un bravo ragazzo. Solo poco tempo fa non lo sapevo così bene."

Guardava davanti intenta in un pensiero che le stringeva le sopracciglia al centro e le incideva la fronte. Lasciò due passi andare in silenzio poi mi rispose che non sapeva cosa le stava succedendo. Mi conosceva da prima, però non aveva pensieri per me, né per altri ragazzi. Disse che le pesava la vita di gruppo dei coetanei, la novità delle dichiarazioni di amore che si moltiplicavano per contagio e concorrenza. Aveva cominciato a guardarmi per bisogno di distogliere lo sguardo e poi i coetanei mi accusavano di fare il grande scegliendo di stare con gli amici di mio cugino. Poi s'indurì la voce, si asciugò quel po' di cantilena che sta nella corsa di parole dei ragazzi: "Voglio tentare di stare con te. Voglio credere che è possibile, anche se non per ora, anche da lontano. Ho bisogno di aspettare qualcuno che non somigli a nessuno e tu sei questo".

Da una cucina a piano terra usciva odore di gamberi fritti e si portava dietro nel passaggio anche il profumo di una sporta di fichi sul balcone: tiravo su tutto nel naso, pure la sua voce. La mano che avevo ritirato la rimisi. Mi riportava indietro, ai tempi giusti della mia età, venendomi a cercare con lo sbaraglio che poteva inventare dentro di sé una brava ragazza degli anni cinquanta. Passeggiammo zitti fino all'ingresso del castello, dove l'isola si sporge nel mare con un arrocco. "Ti ho lasciato un segno di grasso sul palmo, provo a levartelo." Tra gli scogli dell'istmo c'era qualche pietra pomice, scesi a prenderne una. Le strofinai il palmo, piano, le si velarono gli occhi, "Non fa male?", "No". "Allora non essere infelice." "Non sono infelice", caddero le due prime lacrime, che vengono a coppie e da qui i poeti hanno imparato le rime. Le raccolsi con la pietra pomice e pulii via il nero della mano, "Evviva, funziona" scherzai per farla ridere e rise tirando su col naso.

Così restammo a mani strette e tra le mani un pezzo di pietra pomice. Mi invitava a un'età che mi era scomparsa dal corpo e dai pensieri. Mi disse di non risponderle. Era vero che in quel silenzio pensavo a una risposta. Disse di lasciarla passare dalle mie parti, di lasciarla aspettare. Si era accorta che le piaceva il pensiero di aspettare. Non era più ragazza nel dire quelle cose, né parlava a un ragazzo. Sembrava che qualcuno fosse tra noi due, e noi ci stavamo mandando lettere e c'era un postino che recapitava in fretta la corrispondenza. Le dissi questo in cerca di una favola a spiegazione di noi. Allora disse che l'isola era il postino, che l'avevamo imparata da bambini a piedi casa per casa e in una volta, in un'estate sola, era un'isola sconosciuta. E c'eravamo solo noi su quella striscia e avevamo perduto la città e l'età, e uscivamo dalla buccia verde come le noci di settembre. E non so più se erano parole sue o se così suonavano nella tromba tra l'orecchio e il cervello. E poi guardando oltre di me disse ancora: "Non ero mai venuta al villaggio dei pescatori".

E io non ero mai andato a passeggio con una ragazza. Le vidi un punto di bianco sulle labbra, glielo indicai. "Da queste parti si paragona una ragazza al fico quando inizia a maturare e perde un po' di latte. 'Ianchéa' per dire che butta bianco." Avevo pensato al latte del fico toccando le sue lacrime. Avevano forza di crescita, spinta a essere una donna, erano cadute gonfie. Ero contento di averle raccolte. Si alzò per prima. "Mi ha fatto bene venire qui, parlarti. Mi sento più forte adesso. Prima di venire ero piena d'impacci." Si guardò in giro, rinfrancata, calò un passo sicuro e mi prese sottobraccio, non più per la mano. I suoi sandali facevano rumore di cuoio fresco, il maestrale buttava i suoi capelli avanti coprendole la faccia. Non parlava più. Andavamo accordando il passo, contenti di essere su una via di ritorno. "Mi sei stato amico oggi. Io sono un elefante e non lo dimentico."

Non venne più. In strada mi faceva bei saluti mossi con la mano e un sorriso pieno di denti.

I giorni diventavano densi, partenze imminenti, occasioni d'incontro desiderate con furia. Non volevo contare il tempo, ma era poco. Così cercavo Caia sperando di trovarla da sola. E allora avvenivano gli incontri. Risaliva da mare con i sandali in mano, i piedi sabbiosi e mi vide e a me venne di fare un movimento brusco con il braccio steso, come si fa con l'autobus a una fermata. Non era un saluto, era uno scatto inconsulto, fuori posto. Fummo vicini, lei mi scrutò seria e mi parlò come continuando una conversazione già iniziata. "Chiamavo mio padre tate. Nella nostra lingua di casa, lo yiddish, vuol dire papà. Tu hai appena fatto un gesto che mio padre faceva all'autobus della scuola che mi riportava a casa tutti i giorni. Restavo al finestrino per vederlo ed era lì che mi aspettava sempre. Era il mio primo anno di scuola. Tu hai fatto lo stesso gesto e mi son venuti i brividi alla schiena. Vedi, ho la pelle d'oca. Non è la prima volta che mi accorgo di qualcosa di mio padre in te." Restai fermo cercando di rimanerci, sforzandomi di non fare nessun gesto, resistendo alla tentazione di eseguire movimenti nervosi che mi premevano con urgenza. Non volevo cedere alla tentazione di ricalcare alla cieca gesti sconosciuti. Tirai il fiato e passai il dorso dell'indice sotto le narici per grattarmi il naso che non mi pizzicava. "Questo era un tic di mio padre quando era nervoso. Si passava il dito come fai tu e stringeva le palpebre. Cosa stai facendo con me?" "Non lo so Caia" mi sforzai di dire il suo nome pubblico, di restare a distanza, di non abbracciarla e mettermi a piangere. Cosa mi succedeva, perché dovevo piangere e abbracciarla? C'era il sole, ero contento di averla trovata, potevo così accompagnarla a casa, raccontarle la pesca, chiederle l'indirizzo per qualche lettera dopo l'estate, perché accidenti dovevo invece desiderare di piangere, di abbracciarla, di fare scene in mezzo alla strada?

Mi vide in confusione che legavo le mani dietro la schiena per non fare gesti, mi vide annaspare e allora sorrise e si mise al fianco. Mi prese per il braccio e mi parlò con una punta di emozione che le rendeva metallica la voce: "Perché a te? Io so che ci sono momenti in cui qualcuno che ho perduto mi viene intorno e prende il corpo di una persona sconosciuta, solo per un momento, per salutarmi da dietro un corpo, con una mossa o una parola inconfondibile, solo un cenno e basta. Lo so da tanto tempo che non mi hanno lasciato sola. Puoi dire che sono fantasie, che è un mio bisogno di credere, puoi avere ragione. Ma io mi sento protetta da questa folla di minimi segnali. Prima di ora nessuno aveva accumulato tanti segni. Sono di mio padre che non c'è più e io non voglio parlare di lui con nessuno neanche con te. Sono di mio padre e tu stai diventando un suo burattino e io ho voglia di chiedergli di smettere, di lasciarti in pace". "No, Hàiele, io non voglio essere lasciato in pace da te. Non so cosa mi succede in questo breve tempo che ti conosco, ma è pienezza. Non è solo amore di un ragazzo frastornato è collera verso un male che non conosco, di cui so pochi nomi, è che ti vedo così sola che per forza ti deve stare alle spalle qualcuno e sono io, un qualunque ragazzo, che si sente tutte le età addosso per il solo fatto che ti sta davanti. Io non so dire che ti amo perché l'unico posto che ti vorrei baciare è dove comincia la tua fronte, sotto i tuoi capelli." "Fallo, fallo, è inutile che ti dica che lui mi baciava lì."

E allora ci siamo fermati e ho posato le palme sulle sue tempie e l'ho baciata sulla punta della fronte e mi sono messo a piangere con una voce non mia dicendo a vuoto parole come "quanto tempo, Hàiele, quanto tempo". Come un vecchio a un treno, così piangevo piano, senza singhiozzi, piano a pioggia sui vetri, dagli zigomi scendevano su Caia e lei diceva: "Sono io tate, sono la tua Hàiele, lo so che non mi hai mai lasciato, lo so, non piangere, tu vieni con me, sempre, lascia questo ragazzo, lasciagli la sua età, noi siamo un'altra cosa, lui non può sapere eppure si è così offerto a te e a me. Lo so, quella volta al treno mi hai lasciato partire da sola, ma io non ho pianto allora e nemmeno adesso, perché sapevo che saresti venuto a trovarmi e così è stato. Sei venuto dietro tante facce e io ti ho riconosciuto sempre". E poi parlò in una lingua che non avevo mai sentito ed era uno scroscio di parole buone per le ninnenanne. Così smisi di piangere e levai le labbra dalla fronte, le mani dalle sue tempie. E la presi sottobraccio e la portai fino all'uscio di casa e la vidi salire sulla rampa voltandosi a salutare con la mano e poi aggiunse il gesto che fermava l'autobus. E a me restavano gli occhi puliti e calma nel palmo di mano che aveva toccato il battito delle sue vene e il suono di quel nome, tate, che era la più assurda tenerezza provata.

Non mi rimproverava più di essere entrato nel suo segreto. Mi aveva affidato un nome, un pezzo della sua eredità. Le avevo messo un bacio in cima alla fronte e lei lo aveva accolto. Non si era indurita come la sera in giardino quando aveva creduto di sentire da me il suo nome segreto, Hàiele. Avevo dimenticato di chiedere l'indirizzo, ma non importava, anche senza lettere io avevo un posto presso di lei e un nome, tate, che veniva da prima che io fossi al mondo e che aspettava me su un'isola per essere pronunciato. Finché le stavo vicino tutto era naturale, ma da lontano non capivo la storia di Caia con suo padre. Mi accorgevo solo della fortuna di essere per lei un punto di congiunzione con la sua infanzia. Sentivo la forza del suo appoggiarsi su quel punto e di appoggiarsi a me. E mi cresceva nel fiato una durezza che conteneva benedizioni alla vita e maledizioni contro il male portato a quella vita, una calma e anche un impulso di battere forte il pugno sulla tavola.

Perciò quello che accadde fu il seguito dovuto della sua infanzia e della mia età precipitata a incontrare Caia. Doveva per forza avvenire quella sera in pizzeria dove si salutavano i ragazzi del gruppo di Daniele, prima di sciogliersi nella spicciolata delle partenze seguenti. E bisognava che ci fossi anch'io.

Era una sera d'allegria compressa, che esplodeva a scoppi, non corale e crescente, ma nervosa, ingolfata: qualcuno rideva da solo fino alle lacrime, qualcuno beveva un bicchiere in più, un altro cercava d'indovinare il tono giusto per congedarsi dall'isola, dagli altri. Si proponevano brindisi in onore di tutti i pesci. La pizzeria aveva pochi clienti quando arrivò una comitiva. L'oste la dispose sul terrazzo dov'eravamo noi. Forse avevano già mangiato, chiesero solo da bere.

Nessuno di noi badò a loro tranne me. Erano tedeschi di mezz'età, uomini e donne, una quindicina. La nostra cena era in pieno corso e facevamo rumore. Si stava decidendo dove andare dopo e venivano giù proposte pazze che aumentavano la baraonda. Dal tavolo dei tedeschi cominciò a venire un urto di bicchieri e qualche frase ad alta voce. Caia si era distratta dalla tavolata, guardava verso il mare. Qualcuno la chiamava, le chiedeva il parere sul seguito della serata e lei per un momento tornava presente con una risposta. Era attenta ad altro, forse le prossime partenze, lo scioglimento dell'estate in ritorni.

Dall'altro tavolo attaccò in sordina una canzone. Caia s'induriva guardando lontano, oltre le teste. La canzone finì e ne iniziarono un'altra, una specie di marcia. Daniele si accorse di Caia, della sua tensione, le chiese qualcosa, fece appena il gesto di toccar-

la che lei si alzò in piedi a scatto e cominciò a strilla-
re in tedesco contro quelli del tavolo accanto. La sua
voce era limpida e acuta, sovrastava il canto. Daniele e gli altri stettero zitti sbalorditi e si poteva sentire
lo squillo di voce scagliata contro degli sconosciuti.
Non capivano cosa stava succedendo. Daniele si voltò
per vedere contro chi stava gridando Caia. Conti-
nuavano a cantare ma ascoltavano, qualcuno di loro
smetteva. Tutti la guardavano. Era una ragazza in
fiamme, un incendio che nessuno conosceva e capiva. S'impennò in ultimo in un grido, un furore ferito
che doveva contenere un'offesa violenta perché dal-
l'altro tavolo il coro smise del tutto e reagì con grida
e qualcuno di loro si alzò con un chiasso di sedie e
Daniele senza capirci ancora niente si alzò d'impeto
facendo cadere la sedia e subito fu addosso a uno di
quelli. Si mosse per istinto, preciso, scatenato e buttò
l'altro a terra e io saltai sul secondo che stava inter-
venendo prendendolo di lato, di sorpresa e rove-
sciandolo sul suo tavolo. Fu parapiglia. Da una parte e dall'altra si cercò d'intervenire per separare, corse l'oste e gente dalla strada. Non durò più di un minuto, più chiasso che colpi. Caia restava inchiodata
al suo ultimo grido, lì, rigida, assente allo scompiglio.
Nella confusione l'altro gruppo si trovò vicino all'u-
scita e cominciò a lasciare il locale. I ragazzi si davano da fare per rimettere a posto, Daniele spiegava che
i tedeschi ci avevano insultato, l'oste non chiamò la
polizia perché vide ragazzi per bene, buoni clienti. In
fondo non era successo niente.

Caia non riusciva a rispondere a chi le chiedeva

cosa fossero quegli insulti. Teneva gli occhi chiusi. Già qualcuno la buttava in scherzo, dicendo che tra i tanti modi di proseguire la serata quello non l'avevano ancora proposto e che si poteva fare il giro delle pizzerie con quel sistema nuovo. E Daniele si era riaggiustato la camicia e sbucciato le nocche per il primo pugno e tutti gli dicevano che aveva fatto bene e lui andò da Caia e finalmente lei si sciolse dalla tensione e gli sorrise. E non le disse niente, ma la prese sottobraccio e la condusse fuori. Alla spiaggia, si va alla spiaggia a fare un fuoco e dovette cercarmi per chiedermi la chitarra, ma io non ero più lì.

Mi aveva invaso una furia mai sentita, un soffio caldo nel naso, un'ira che mi aveva fatto scattare con Daniele nel parapiglia e non si era placata. Cresceva e m'invadeva di forza. Lo strillo di Caia mi aveva aizzato i nervi, un colpo di frusta al centro della spina dorsale, uno scatto più di serpente che d'uomo. Mai ero stato così pronto. Feci una cosa calma e terribile: andai dietro ai tedeschi. Li seguii da lontano. Nelle orecchie suonava il ronzìo della fioritura, quando su un albero in fiore si addensano tutti gli insetti del polline.

Si fermarono in un bar, bevvero per un'ora, senza canti. Li aspettai, poi li seguii ancora fino a una pensione un po' fuori dal centro. Non sapevo perché stavo facendo quella cosa, obbedivo al caldo del fiato senza affanno, attento a non farmi scorgere. Tornai indietro, raggiunsi il gruppo alla spiaggia. Erano in cerchio a cantare, facce a un fuoco, già rochi. Per la prima volta si accorsero di me. Qualcuno aveva raccontato a Daniele che mi ero buttato anch'io nel parapiglia. Mi accolsero con un vero saluto e uno disse che la squadra era al completo e si poteva andare ad attaccar briga in qualche bar. Caia era tornata allegra, cantava. Mi aveva chiamato a sederle accanto. Mentre s'intonava una musica mi disse parlandomi in faccia, rivolgendosi direttamente a me: "Sei stato bravo a difendermi. Nessuno da tanto tempo mi aveva protetto e io so di averti obbligato a farlo. In una parte della mia collera c'era la certezza che tu ci fossi. Cantavano l'inno delle SS, tu non lo conosci, io sì, l'ho ascoltato in braccio a mio padre che mi stringeva forte, la prima volta, all'arrivo dei primi tedeschi. Non l'avevo più sentito da quando ero bambina. Non riesco a dirti che mi dispiace di quello che è successo, perché io sono felice di quello che è successo". La musica copriva le parole, Daniele cantava la sua canzone più richiesta arpeggiando gli accordi con le nocche spellate. Messo a fuoco dai suoi occhi in faccia le risposi con calma: "Non so cosa hai gridato, ma la tua voce sembrava a me scendere da un'altezza, da un posto molto più innalzato sopra le nostre teste. Per allucinazione ti ho vista in piedi in una casa in fiamme e gridavi contro il cielo, non contro la terra. Io sono solo andato dietro a Daniele che è scattato in piedi a difenderti". "Ho visto, ma quello che dici non è vero, ti sei alzato tu per primo e hai spinto quello che mi stava venendo addosso e poi Daniele è intervenuto."

Gli accidenti di una rissa hanno sempre varie versioni, non so se era più esatto il suo ricordo o il mio.

Mi venne da aggiungere, mentre la canzone degli altri raggiungeva il ritornello: "Hàiele io ero pronto a quello da tanto tempo. Ho aspettato tutta la mia durata di vita di arrivare a proteggerti". Quando ti sei alzata io ti guardavo da prima, ti vedevo indurirti e senza capire perché ti obbedivo indurendomi. Quando hai parlato tedesco a quella gente ero già nelle tue mani. Ti rivolgevi a loro, ma con il mio corpo in mezzo. Parlavi e mi scaraventavi a molla contro di loro. Queste ultime cose non potevo dirtele.

"Non ho saputo com'è morto mio padre, però stasera ho visto di nascosto una stanza del passato. Forse tu mi hai insegnato com'è morto, saltando in piedi per difendere sua moglie come tu con me. Ho visto molte cose stasera e ho avuto paura per te. E ce l'ho ancora." Mi venne il gesto di sfregarmi il naso con l'indice, fui pronto a fermarmi. Mi dissi "no, no", Caia capì "nu, nu" un intercalare del suo linguaggio di famiglia. "Nu, nu, anche questo sai, tu, mio."

"Ahi, Hàiele non ci vedremo più." "Nu, tate, ci rivedremo ancora e ancora, senza questo ragazzo che ci ha fatto da ponte e si è piegato come un arco sulle nostre età."

La musica del cerchio di voci si trascinava, anche se Daniele aveva smesso di suonare. Restava il centro, un cespuglio di brace riflessa sulle mani, negli occhi. Qualcuno si era addormentato, gli altri parlavano a due, a tre, Caia con Daniele. Sarebbero partiti insieme per la città, poi lui l'avrebbe accompagnata al treno. Li lasciai. Per una volta salutai tutti, uno per uno, stringendo mani, scambiando qualche bacio. Alcuni partivano l'indomani, Daniele e Caia poco dopo. Sarei rimasto da solo qualche giorno ancora. Andai alla pensione dei tedeschi. Era tardi, silenzio, strada vuota.

Guardai il piccolo giardino dietro il cancelletto. Davanti c'era una macchina con targa tedesca. Pensavo al modo di colpire e si affollavano le stupidaggini insieme ai crimini e stavano tutte insieme davanti e le scartavo una per una per mancanza di mezzi. Restai circa venti minuti e non era passato nessuno a rompere quel buio con una pila. Poche strade dell'isola erano illuminate. Tornai a casa e mi addormentai quieto sui pensieri più terribili che mai mi erano venuti in mente.

Non sentii Daniele tornare.

Al mattino trovai un biglietto "svegliami, vengo a pesca con voi". Fu difficile rompere il suo sonno che durava certo da poco. Si alzò sbuffando, ansimando di sforzo per capire che era l'alba, si andava a pesca e me l'aveva chiesto lui. Ci avviammo scalzi sulla pietra umida di guazza. Era venuto perché doveva dirmelo, non poteva aspettare: "Tu sapevi che Caia è ebrea?". Feci un no secco, di scarto, quando a tressette non ne hai in quel seme. "Me l'ha detto ieri sera, anzi stanotte, cioè poco fa, perché sono venuto a letto alle tre. Perciò se l'era presa con quei tedeschi. Cantavano inni nazisti. Non l'avevo mai vista così tesa, dura. Mi è proprio piaciuto vederla in piedi lei sola contro quel tavolo. Ho pensato che ci stavano offendendo e lei ci stava difendendo, poi ho sentito quel rumore alle spalle e mi sono trovato addosso a uno di quelli. Ho saputo poi che anche tu ti eri buttato addosso a un bestione. Solo stanotte parlando con lei ho capito perché era scoppiato quello scompiglio. Non sapevo niente di Caia. Pare che abbia perso i genitori durante la guerra."

Daniele mi voleva far partecipe della sua sorpresa e un po' mi dispiaceva di non andargli incontro, di negarmi mentre lui si dimostrava amico e m'investiva di una confidenza. Non potevo dire niente di quello che succedeva a Caia e a me, di quello che mi bolliva in testa. Non volevo essere freddo e per ricambiarlo gli dissi che ero innamorato di lei. "L'avevo capito e mi sembrava assurdo che ti venissero delle speranze. Però poi ho visto che vi parlavate. Neanche a te ha detto niente della sua famiglia, perciò non siete stati molto in confidenza. Comunque agli altri non dico niente. Lo racconto a te perché credo che tu ne abbia diritto. È venuta qui tra noi quest'estate, ha fatto girare la testa a tutti, anche a qualche adulto. Almeno con te poteva confidarsi, hai rischiato le ossa ieri sera. Invece si è tenuta tutto in corpo."

C'era un po' di rimprovero nelle parole ed era male per me che Daniele gliene muovesse a causa mia. "Caia ci ha risparmiato. Ha patito cose che nessun racconto pareggia, non ha voluto dirle a noi che siamo dei ragazzi in vacanza su un'isola d'estate e non sappiamo niente di ebrei, di tedeschi. Eravamo troppo piccoli. Anche lei lo era, ma a lei hanno tolto tutto. Noi tutti, non solo io, anche gli adulti erano piccoli per lei. Ha imparato che non deve dire niente.

Ha parlato con te stanotte perché sei stato il più bravo a difenderla dandole coraggio e ragione. Ti ha ringraziato raccontandoti che pozzo c'era sotto la sua collera. Non è giusto che noi la rimproveriamo." Daniele non era d'accordo. Aveva visto per un'estate una bella ragazza un po' capricciosa che aveva ballato e si era fatta baciare da molti e che invece portava su di sé un dolore e un segreto enorme e solo per caso, per una rissa, si era aperta con uno. "Meglio che non mi diceva niente."

Davvero, Daniele, davvero meglio che neanche in ultimo dovessimo sapere chi avevamo avuto l'occasione d'incontrare? Sappiamo riconoscere i pesci a mare, le stelle in cielo e dobbiamo ignorare le persone in terra? "No, non lo penso, anzi le sono grato." Anche in questo Daniele era generoso e sapeva correggersi a favore di qualcuno. "Mi ha fatto sentire più grande, mi ha reso un onore. Però che accidenti di ragazza, troppo dura per me abituato a questa bell'isola con le barche da pesca, la chitarra, le vacanze. E tutto di colpo in un posto beato e addormentato spunta la vita sfregiata di una che sembra come noi." "Sì, Daniele, sembra come noi e nemmeno ce la può raccontare la sua vita."

Finì la pietra sotto i piedi e cominciò la spiaggia. Salimmo in barca e Daniele si buttò a dormire duro sotto il sole sul legno come sul letto, per la stanchezza. Zio si mise a protestare, che ci venite a fare se dovete dormire, che diavolo fate la notte? E il voi riguardava pure me che ero sveglio a preparare esche.

Perché a lui dispiaceva di non parlare al figlio e quel sonno era una mancanza di rispetto. Mi associava a lui nel rimprovero e questo era giusto. Raccontai che era stata una sera di saluti, molte partenze oggi, ma non l'addolcii. "Statevene a casa, a letto, allora. In barca si viene per pescare."

C'erano molte coffe da tirare, servivano braccia e mani. Zio s'accorse delle nocche sbucciate di Daniele. "Hai fatto a pugni stanotte?" "Con dei tedeschi ubriachi, ma è stato brevissimo e nessuno si è fatto male", rispose per chiudere Daniele. Zio non era in vena d'indulgenze: "Ma tu lo sai, grande e cresciuto come sei, che la rissa è un reato penale, ci si può macchiare la fedina per una zuffa di strada?". Era arrabbiato. Ci rimproverò la vita sull'isola, che diventavamo selvatici, che durava troppo a lungo la vacanza, ci guastavamo con quella libertà. "Se passava un carabiniere ti eri rovinato." Sfogò il malumore su Daniele e su me. Nicola intanto si era affrettato a recuperare la boa di partenza della coffa e la consegnava in mano a zio, sapendo che quello l'avrebbe placato.

Tacque e cominciò a tirare e poco dopo sentì il peso in fondo, la resistenza e cominciò la lotta per stanare la cernia. E quando il pesce salì a bordo tutti i pensieri erano finiti e si badava solo al mare, agli ami, al lento recupero del cavo di coffa sul fondale difficile. Daniele sanguinava un poco, il sale doveva bruciare al sole sulle escoriazioni, lui non ci faceva caso e di sicuro gli bruciava di più il palmo non abituato a tirare il cavo.

Fu una buona giornata, Nicola portò a casa una

bella cernia per la famiglia, era tornato il buonumore. Zio chiese a Daniele qualche dettaglio sullo scontro ed era compiaciuto che non le avessimo buscate. Daniele non disse una parola su Caia.

Mentre zio rimproverava il rischio della rissa ero altrove. Tornavo a quella pensione, al bisogno di trovare presto un modo di attaccare. Che potevo fare? Prendere a sassi la macchina, squarciarne le ruote, rompere qualche vetro, una scemenza da monelli. Mi rigiravo nell'impotenza guardandomi le mani indaffarate alla pesca, sapendo che c'era poco tempo, i tedeschi potevano partirsene in fretta. Dovevo decidere qualcosa in giornata. Non mi veniva niente, me lo rimproveravo, poi mi rispondevo che non avevo mai pensato prima di fare del male a qualcuno e poi ripartivo alla carica. C'era bonaccia in mare, dentro di me pure, una calma increspata da sotto. Nicola sulla via del ritorno disse che il vento girava a scirocco.

Sbarcammo dalla pesca mentre esplodevano in cielo i petardi di qualche festa di santo. L'isola annunciava il giorno di un suo protettore con botti oltre che con campane. Erano razzi sparati in aria che esplodevano in alto con un colpo solo, potente. Per ringraziarli in qualche loro onomastico gli spariamo la nostra batteria contraerea. È a salve, ma sono sempre cannonate contro il cielo.

Mi venne la fantasia più che l'idea di un mucchio di petardi fatti esplodere davanti alla pensione. Immaginai il colpo, la fuga, l'arrivo dei pompieri. Quando pensai ai pompieri sentii una scossa. Eravamo ar-

rivati alla spiaggia, saltai giù dalla barca. Avevo trovato il modo di colpire. Il fuoco, *feuer* anzi *foier* come si pronuncia, quella parola che stava ancora in testa a Nicola, *foier*, il fuoco, facile e violento. Avevo
trovato. L'impeto di agire accelerò i pensieri e li
schierò in programma. Già sapevo che dovevo pro-
curarmi per prima cosa un tubo di gomma. Lo tagliai,
solo un metro, dalla pompa del giardino. Passai davanti alla pensione, la macchina straniera non c'era,
ma era normale per l'ora, mezzogiorno. Fui sfaccia-
to a chiedere se avevano camere libere. Non ne avevano. Si sarebbero liberate tre giorni dopo. Avevo
tempo.

Dal momento che decisi il fuoco, si liberò dai pensieri ogni obiezione. La sola cosa era riuscire. Non
m'importava né la gravità della conseguenza, né essere scoperto. Ero diventato un guardiano, sorve-
gliavo nemici. Non ero più un ragazzo. Mi procurai
una piccola damigiana. L'avrei riempita di benzina
succhiata di notte dal serbatoio dell'automobile di
mio padre, che in quei giorni era in ferie con noi. Avevo visto fare il succhio a Nicola in barca. Quando lo
tentai mi riuscì al primo colpo di fiato, senza neanche farmi arrivare la benzina in bocca. Eseguivo gesti di un piano, mi venivano facili, leggeri. Sapevo che
forse non bastava un fiammifero a incendiare la benzina e ne misi da parte una scatola e un giornale. Potevo colpire e potevo scegliere il giorno. L'avrei fatto
dopo la partenza di Caia e Daniele, per non coinvol-
gerli nemmeno di striscio. Mi serviva di essere solo in
stanza la notte che sarei uscito con l'incendio in ta-

sca. Non dovevano sapere. Era una cosa solo mia, nata nel corpo di un ragazzo in un'estate brutale di amore e di furore.

C'era festa sull'isola quel giorno, era l'ultima sera di Caia. Saremmo andati insieme a fare un giro tra le bancarelle della fiera.

Prima passai sulla spiaggia dei pescatori. Nicola sistemava la barca per la notte seguente. Per lui non c'erano feste, si sarebbe riposato in inverno, quando il mare ha giorni in cui non vuole nessuno sul pelo dell'acqua. Mi misi ad aiutarlo, la spiaggia era vuota, gli altri pescatori erano già in giro per la fiera con la camicia pulita, che era tutto l'abito da festa. Aveva voglia di parlare con me scegliendo le parole tra il dialetto e la lingua. "Stai crescendo, in un'estate ti sei fatto uomo. Ho sentito in barca che Daniele ha fatto a mazzate. C'eri pure tu?" Dissi di sì. "È una buona cosa farsi valere, non farsi offendere. Io non sono capace di venire alle mani. Da ragazzo sì, ma dopo la guerra no." Gli chiesi se aveva mai avuto dei nemici. "Io sono stato in un posto dove i nemici eravamo noi. Eravamo i nemici di una gente che non ci aveva fatto niente e noi stavamo armati a occupare la loro terra. Eravamo alleati dei tedeschi contro quella gente e facevamo male a stare lì. Mi mettevo scuorno, sentivo vergogna di fare la guerra a quella gente. Quando è finita e l'abbiamo persa mi è passato lo scuorno tutt'insieme. Gli alleati miei sono stati quella famiglia che mi ha ospitato e nascosto, benedetta sia là dove sta. Non ho capito niente di nemici."

Ma a quel tempo li aveva avuti, aveva desiderato che morissero? "Quando i tedeschi cominciarono a perdere e li ho visti scappare, morire, quando vedevo il corpo ammazzato del nemico, non era più nemico, non era niente. Da morti siamo tutti uguali, anche i nemici muoiono gridando aiuto. Schiattano con un colpo anche loro e ll'odio se pure l'hai tenuto in corpo, non ci sta più. Ho visto i nemici morti e non ho sentito niente. Non ci sono i nemici, è tutto uno sbaglio e te n'accorgi quando sono morti." La sua voce era quieta, la sua confidenza mi faceva onore. Ero calmo anch'io, mi uscivano parole pesate. La decisione del fuoco consolidava i nervi.

Nicola aveva visto morire i nemici e davanti a loro si era trovato il corpo vuoto di odio. Capivo che era arrivato a una notizia certa, ma non poteva trasmettermela. La sua esperienza non bastava, non serviva a risparmiare la mia, né a scongiurarla. Non avevo da opporgli argomenti, additargli nemici che aveva conosciuto prima e meglio di me, gente che aveva partecipato a stragi di inermi e che se la spassava in vacanza in buona salute e senza conseguenze. Erano solo mie notizie, mie premesse. Lui era lavorato dalle conseguenze. Le sue parole potevano annunciarmi come mi sarei sentito dopo, ma non potevano fermarmi.

Avevo voluto forzare il segreto di Caia, ne ero stato investito in pieno. Avevo preso il suo lutto per bandiera. Avevo percorso tutte le stazioni dell'amore, da ragazzino cotto della ragazza più grande a padre tornato per proteggerla. Di quella fantasia di Caia sul suo tate, la cosa di cui mi accorgevo era che io mi sentivo proprio così, un padre che torna a trovare la figlia dopo molti anni, un emigrante che può riabbracciare la sua creatura. Delle coincidenze che scopriva tra suo padre e me, partecipavo solo di quel sentimento largo, adulto e ora cupo di collera.

In cielo scoppiavano i petardi dei santi, Nicola abbassava la testa ubbidendo a un contraccolpo che non riusciva a governare. Subito la rialzava, ma allo scoppio seguente il collo s'incartava di nuovo. Io restavo a testa alta, non sapevo niente di colpi, di come ci si sente dopo quelli veri. La mia collera prendeva per buon augurio l'artiglieria pirotecnica della festa. La mia collera era arrogante di fronte al rinculo dei botti che piegavano il collo di Nicola, ricordo fisico di colpi assestati sulla sua gioventù esposta a un cielo di bombe.

"Non erano gente come noi, ognuno di loro si credeva il pezzo di un corpo più grande. Erano orgogliosi di questo corpo, obbedivano come un dito al cervello. Non c'erano più gli uomini come li intendiamo noi, ma uomini come parti di ricambio. Si sentivano bene solo in divisa. Chiamavano pezzi i prigionieri, quando li contavano. Tutti gli altri popoli erano corpi inferiori al loro, anche noi italiani. Siamo stati al loro servizio, ma certe porcherie non sono riusciti a farcele fare. Siamo rimasti uomini, soldati per forza che non vedevano l'ora di svestirsi, smettere, tornare al mestiere. Pensavo alla rete da pesca che mi era costata un anno di lavoro e che era ancora nuova. E mi veniva dolore di gelosia a pensare che un altro se la poteva pigliare, che mia moglie la poteva vendere per mangiare. Non l'ha fatto. Nelle ore di riposo pescavo nel fiume con una canna e tenevo tale malinconia che da allora non ho più voluto usare una canna da pesca. Portavo il pescato a quella mia seconda famiglia, benedetta sia là dove sta." Ci teneva a spiegarsi, cercava frasi italiane traducendole dal napoletano. Scuoteva la testa per lo sforzo. Ricevevo da lui parole in eredità, le ammucchiavo nella rinfusa dei pensieri e in un subbuglio di urgenza di rispondere.

Per toglierlo da quelle parole gli domandai se andava alla festa, io ci sarei andato più tardi con Daniele. "Pur 'io, cchiù tarde, ci porto la famiglia."

Il gruppo degli ultimi rimasti sull'isola si dette un appuntamento e s'infilò compatto nella ressa della festa. Tutti gli abitanti erano venuti a passeggiare in poche strade. Era prima sera, le luminarie stese sulla via sbiadivano il cielo. Caia venne al mio braccio e si congratulò della camicia pulita. "Ho anche le scarpe" mostrandole con aria di caricatura i sandali. Le vidi spuntare quel pezzo di dente che aumentava il sorriso.

La calca smembrò il gruppo. Ci stringevamo il braccio per non farci separare. Mi chiese di comprarle un batuffolo di zucchero filante. Per superare il chiasso intorno alzava la voce mettendoci uno squillo di bambina. Afferrò il bastoncino tuffandoci dentro la faccia e lo finì subito. Le tolsi dei piccoli grumi di zucchero rappreso sulle guance. Era allegra come si può essere quando prende piede un po' di vena infantile su un corpo cresciuto, quando un guizzo da bambini s'impossessa dei piedi e vuole scalpitare. Mi tirava il braccio, avrebbe voluto correre in piena calca. Facevo finta di arrancare, facevo il fiato grosso e mi asciugavo la fronte col palmo della destra che attraversava le tempie fin dietro la nuca. A un punto lei scosse la testa e mi disse all'orecchio: "Tate, lo so che sei qui, non servono più gesti".

Mi venne da ridere di quel suo gioco con me e mi uscì un riso di gola che non avevo mai avuto. Era caldo, lento, a piccoli colpi. Me lo sentii dentro denso, pieno di affetto per la mia Hàiele in mezzo alla festa. Mi ascoltò ridere e mi appoggiò al volo la testa sulla spalla. In alto ripresero gli scoppi, un rumore attutito dalla gente in strada, non più forte di bottiglie stappate in cielo.

Giocò al tirassegno sparando col fucile ad aria compressa ai palloncini in gabbia, poi volle una bambolina grande come una mano e mi ricordai di comprare un sughero per la damigiana. Incrociammo Nicola con la famiglia, lo salutai da lontano, ma non si accorse di me. Poi c'imbattemmo in mio padre che distratto e senza occhiali salutò solo Caia. Lei rise perché neanche mio padre mi riconosceva, perché mi ero trasformato e nessuno sapeva chi ero. "Io sola so stasera chi sei in questa festa." "Sono tate?", "Sì." "Ma sì, sono tate, sono tuo padre stasera e tu sei la mia Hàiele e so pronunciare il tuo nome come lui, Hàiele." "Per forza, sei tate. E un pesce ti ha pure scritto coi denti la t sulla mano, la t yiddish di tate."

E ce ne andammo sottobraccio stretto e lei tirava un po' e io ero un po' brillo di festa, di lei, del gioco tra noi che andava a tutte vele. La sua mano stringeva la mia sul morso della murena. E mi sentivo stanco e mi venne paura di una salita di febbre, che mi potesse mancare forza di arrivare al fuoco. E vidi pure uno di quei tedeschi della pizzeria che non si accorse affatto di noi e sentii nella tasca il sughero della damigiana e no, non ero stanco. Caia si appoggiava forte al mio braccio, scaricava il peso su di me e lei era leggera e faceva dei passi di danza, di marcia, facendomi sbandare. E prendevo il suo peso e barcollavo nella sua festa, nelle ultime volte prima della partenza, prima di non vederla più. E mi veniva spinta di prenderla in braccio, di mettermela sulle spalle e da una giostra una musica ripeteva: "Non ti potrò scordare piemontesina bella, sarai la sola stella che brillerà per me". E potevo farlo di prenderla in braccio perché lei era diventata leggera e io pesante.

Finché fui nella calca nessuna persona incontrata fece caso a me. Qualcuno salutava solo Caia. La folla premeva e in certi punti stretti si doveva stare fermi. Allora lei approfittava e mi dava un bacio sulla guancia e io mi sentivo la pelle dura là dove lei poggiava la bocca. E le restituivo un bacio all'attaccatura dei capelli in cima alla fronte, e nelle palme messe alle sue tempie sentivo battere i colpi della sua vita di dentro. Nu, nu, battono i colpi del tuo sangue nelle mie mani, in questa folla io sono tuo, ma così tuo, Hàiele, che non potrò più essere di nessuno. "Tu, mio", mi diceva, "Tu, mio" e poi mi tirava "vieni", perché qualcosa l'attirava da una parte nuova.

Daniele si era messo a parlare con due ragazze straniere e le stava facendo ridere, vicino alla giostra. Caia aveva coriandoli addosso ed era diventata bambina. A me girava la testa e venivano pensieri come: "Quanto tempo Hàiele ho aspettato una festa per potertici portare, girare per bancarelle, tenerti vicino. Mi sembra di essere tuo da un diluvio di tempo e che questa non è la nostra prima volta. Capita così anche a te, al culmine di una felicità di accorgerti che c'era già stata prima e che questo è un ritorno?". Non lo dicevo, non volevo distrarla dallo stato d'infanzia ma seguirla fino all'ultima giravolta della leggerezza, fino a che non mi fosse caduta addormentata in braccio.

Ci avvicinavamo al largo dove c'era il molo e il pontile dell'istmo diretto al castello. Su un rialzo suonava la banda. Su un piedistallo era sistemata la statua di una santa. Appuntate alle vesti c'erano banconote e frasi su pezzi di carta. Caia mi portò verso la statua di gesso piena di carta appesa, come lei di coriandoli, e guardandola disse: "Non le somiglio, tate, non le somiglio?". "Come la vita a un manichino. Tu sei viva Hàiele tu sei viva in piena festa e qui c'è un tuo modellino che imita male la tua bellezza. Tu sei viva, Hàiele, e per una sera anch'io, vicino alla tua vita." Era una voce piena e cupa, mi usciva da una gola di legno, da dentro una cassa di chitarra. Se mi raschiavo in gola non mi restituiva la mia voce. "Sì, sì, tatele, io sono viva, mi chiamo Haia per questo, perché il mio nome vuol dire vita. Me l'hai dato tu."

Leggevo le frasi scritte sui fogli bianchi appuntati con uno spillo ai panni della statua. Erano ringraziamenti per benefici avuti. Un foglio conteneva una frase della Bibbia: "Così periranno tutti i tuoi nemici, Dio, ma quelli che ti amano sono come il sole che esce in tutta la sua forza", dal libro dei Giudici, dal canto di Debora. Periranno tutti i tuoi nemici, mia Hàiele, periranno così, pensavo toccando il sughero in tasca. Lesse anche lei il foglio e mi chiese spiccicando una voce di bambina: "E tu mi amerai sempre?", distogliendomi dai pensieri del fuoco e facendomi dire in risposta: "Come il sole che esce in tutta la sua forza" e lei rise di nuovo con il dente scheggiato. Chiusi gli occhi, mi venne stanchezza e mi appoggiai a lei.

"Addio tate", sentii la sua voce salutarmi, mi riscossi voltandomi ma Caia era sempre lì al braccio. Di schiena alla statua mi riuscì di sgranchirmi la voce. Riebbi in gola la mia mezza misura di ragazzo e mi passò la stanchezza. Mi sentivo restituito a me stesso, un sollievo mischiato a un vuoto. Ero di nuovo un ragazzo, leggero di anni, di nuovo incerto di stare accanto a Caia, nome che vuol dire vita e fino a poco prima lo sapevo e in quel punto invece mi stupivo, di tutto mi stupivo. La pienezza del suo peso sul mio braccio, della sua infanzia appoggiata addosso a me, si era staccata. Caia era tornata grande e il grazie che mi disse era lontano. Un vuoto sul braccio mi avvisò ch'ero di nuovo io.

Ci unimmo agli altri che stavano già all'imbocco del pontile. Mangiavano fette di cocomero sputando i semi sui piedi. Daniele presentava due ragazze tedesche dall'aria simpatica che parlavano un buffo inglese. Caia fu molto gentile con loro, parlò in tedesco e fece da interprete per il resto della sera. Era bello vederla girare parole da una lingua all'altra, smistando le frasi in arrivo e in partenza. Le dissi che sembrava un capostazione e che le volevo regalare un fischietto. Mi rispose che i treni erano stati la sua passione da bambina e che faceva ridere suo padre dicendogli che voleva fare la ferroviera. "Ora fai viaggiare le lingue", le dissi, "Sì, quelle degli altri". Dalla tasca le spuntava una piccola bambola nuda.

Daniele voleva tentare qualcosa con una delle ragazze tedesche, così propose di andare a vedere un film in pineta, all'aperto. Sull'isola non c'erano sale al chiuso. Era ben raro che si scegliesse il cinema, c'era sempre una proposta migliore, ma Daniele non voleva chiudere la sua stagione con un'altra serenata alla spiaggia. Caia si prodigava da interprete. Il suo tedesco era una cantilena, si scioglieva in bocca in sillabe croccanti nei punti di bisticcio delle consonanti. Diventava una lingua capace di scherzo, di gorgheggio. La voce di Caia riusciva a sanarla nelle mie orecchie. Lei sapeva prendere le ferite in mano.

Daniele si era trasformato in guida ufficiale e presentava l'isola alle due ospiti: i cani randagi, gli oleandri, le solenni cacche di cavallo lasciate dal passaggio delle carrozzelle, il bar del miglior gelato, i pinoli da schiacciare e da offrire sul palmo e le dita di una ragazza straniera che coglievano piano il piccolo frutto dal centro della mano, per prolungare di un secondo il contatto. La festa sfumava in un brusio alle spalle, il gruppo risaliva il viale delle pinete unito e non smarrito dal vicino addio. Daniele era un mago di scherzi, le risate piovevano dal cielo insieme ai fiocchi accesi degli ultimi sciami di stelle. I pini altissimi lasciavano solo una striscia in alto. Camminavamo in mezzo alla strada per desiderio di stare allo scoperto.

Si arrivò all'arena, si chiamava così lo slargo tra i pini con le file di sedie di legno pieghevoli e un telone che un poco si gonfiava al vento, facendo un accenno di onda sulle facce degli attori. Si dava *Per chi suona la campana*. Daniele si sedette a fianco della sua preferita, io non trovai posto accanto a Caia, ma nella fila di dietro. Lei si voltò e mi fece segno di stendere le braccia sulla spalliera della sua sedia. Le stesi e lei ci appoggiò su la testa e io guardai il film nella più scomoda e soave posizione di tutta la mia vita. L'odore dei suoi capelli sporchi di folla in festa e chiasso, le mie dita incrostate di resina di pino, la notte spalancata in alto che scendeva in terra con un principio di vento caldo: era l'odore e l'aria da inghiottire e non far più uscire. La tiravo dentro col naso chiudendo fuori gli altri sensi. Ricordo poco del film, la bellezza trafelata di un amore di guerra.

Caia si appoggiava alle mie braccia e io le stavo vicino al punto di avere i suoi capelli a un palmo dagli occhi. Lei un po' vedeva il film, un po' guardava in alto alla notte che faceva da soffitto al cinema. Si

distoglieva dalla storia buttando la testa un po' indietro, avvicinandola alla mia. Allora ci poggiavo la
fronte e mentre lei spalancava gli occhi al buio del
cielo io li chiudevo sulla sua nuca. Ascoltavo il battito di una mia vena nel polso che le reggeva la testa.
Sentivo il vuoto intorno, noi due eravamo un grappolo d'uva fitta che stava per essere staccato. Ma il
grappolo trema all'arrivo dei vendemmiatori, la spi-
ga vibra di dolore al rumore della falce vicina, noi no,
eravamo fermi e tesi aspettando la mano che ci avrebbe staccato da quell'estate per fare di noi il frutto di
un raccolto.

E quando nel finale la ragazza tedesca di Daniele
si commosse e qualcun altro intorno cercava un fazzoletto e si soffiava il naso, io volevo dire che non c'e-
ra da piangere, che i due della storia avevano avuto
l'amore e c'era uno sbaglio nelle lacrime, perché era
giusto, era giusto così. Caia si sollevò dalla sedia e io
sentii le braccia nude, ma anche libere di agire, non
più trattenute dal compito di esserle d'appoggio. La
compagnia si sciolse con gli ultimi saluti, sbadigli, bat-
tute. "Sei un buon cuscino", "e tu una buona lana".
"Daniele, guarda che abiti dall'altra parte", disse qualcuno mentre lui scendeva verso mare al braccio della ragazza. E prima di rompere i ranghi dell'estate,
riuscii a dirle senza abbassare la voce: "Buonanotte
Hàiele".

Fui solo: nelle braccia indolenzite si svegliava una
forza compressa, davanti allo stomaco i muscoli erano
induriti e potevo contarli sotto le dita. Ero pronto.

Col tubo di gomma succhiai quella notte la benzina dal serbatoio dell'automobile di mio padre, riempiendo la damigiana da cinque litri. La chiusi con il tappo di sughero e la nascosi. Non andai a fare un ultimo sopralluogo alla pensione per non rischiare un ritorno di Daniele in stanza. Era l'ultima notte di Caia sull'isola. C'eravamo lasciati con un appuntamento per l'indomani. Le avrei portato la valigia al porto, avremmo camminato ancora insieme.

Daniele rientrò tardi, tutto arruffato. Aveva avuto fortuna con una delle ragazze tedesche, aveva voglia di parlare. "Buffo che una sera ci si azzuffa con dei tedeschi e la sera dopo si va a far l'amore con una ragazza tedesca divertente, allegra. È un popolo pazzo." "Sarà che i figli sono migliori dei padri – risposi – ma da come sei ridotto sembra che ne hai buscate di più stasera. La ragazza ha vendicato il suo popolo." "Ah sì, è stata una vendetta terribile, non mi reggo in piedi e ho il collo pieno di morsi. Mi veniva da ridere pensando alla sera prima. Ho cercato di raccontarle che avevamo litigato con dei nazisti. Alla parola ha detto con una faccia schifata *scheiss*, che vuol dire merda come mi ha detto Caia. A proposito, eravate scomparsi in mezzo alla festa. Ho pensato che vi eravate appartati per un incontro di addio." D'improvviso quella confidenza mi arrivò stonata. "No, siamo stati nella folla, abbiamo girato per bancarelle. Tu invece come hai conosciuto le due ragazze?", chiesi per portar via Caia dal discorso. Non volevo più che nessuno parlasse di lei. Avrei cancellato Caia dalla memoria di tutti per ripararla dai ricordi confusi di un'estate. Volevo custodire da solo il suo nome. "Facile, non riuscivano a spiegarsi con un venditore ambulante sul prezzo di una spazzola. Sono intervenuto come interprete. Quello le stava fregando. Poi ho offerto loro una fetta di cocomero e finalmente sei arrivato tu con Caia e abbiamo avuto l'interprete ufficiale." Ancora mi salì una punta di aceto a risentire il suo nome e avrei voluto correggerlo, dire che si chiamava Haia, Hàiele per me, e che anche lui Daniele le era passato vicino senza conoscerla. Tornai al diversivo: "Ma erano sole, non stavano con nessuno?". "Perfettamente sole, erano arrivate in tempo per la festa. Vengono da Colonia, una città ancora piena di macerie, molto più della nostra. Pare che dopo la guerra ci sia rimasto solo il duomo e il Reno. Sono cresciute giocando a nascondino tra le strade crollate, sono allegre. Marion aveva una voglia furiosa di baci. Peccato che domani parto."

Sì, parti, viaggi con Caia, l'accompagnerai al treno, in salvo. Quello che succederà qui non potrà toccarla, raggiungerla. Sarà lontano, dormirà mentre un ragazzo scenderà di notte da una casa per accendere un fuoco. Sarà un fuoco lontano da lei, dai lutti patiti, sarà un fuoco che non la risarcirà, non le toglierà neanche una spina. È il fuoco di suo padre. Hàiele, tu mi hai voluto così, mi hai dato un altro nome, mi hai suscitato in corpo gesti sconosciuti e un attaccamento a te di sangue. Ti affido a Daniele, ti porterà in salvo prima del fuoco.

Pensieri, pensieri fermi, piantati in mezzo alla testa, io seduto sul letto senza ascoltare il ragazzo più grande che finiva di raccontare la sua sera. Buonanotte, sono cresciuto dietro al tuo dolore, ma prima d'incontrarti ho passato un anno a chiedere ai libri in che secolo stavo e su che terra mettevo i piedi. Incontrarti è stato come il sole che spacca la pelle e l'aspro dello scoglio che indurisce la pianta del piede. Mi hai fatto crescere un'altra buccia sopra la mia, mi hai dato ingresso al mondo chiamandomi tuo. Quando sarai partita risponderò di me con il fuoco. Non è mio, io lo eredito. Eredito il tuo lutto insieme al gesto che un altro padre non fece nel suo tempo. Eredito il suo debito, un fuoco in mano a un figlio. Tu Hàiele mi hai chiamato tate, ecco io lo accetto, domani notte sarò il tuo tate e brucerò i persecutori. È tardi per fermarli, ma io sono vivo solo ora.

"Buonanotte, dài, dormiamo", "Sì, Daniele, buonanotte a te".

E fu giorno, vento di scirocco che sollevava terra fino agli occhi. Lasciai a Daniele un biglietto, "ci vediamo al porto", e non riuscii a scrivere "con Caia". E fui presto da lei e mi stupii che fosse già pronta. Salutò i suoi ospiti, l'amica che le aveva offerto l'estate sull'isola in cambio della sua accoglienza in collegio. Le aveva lasciato un bel regalo. Mi accorsi solo allora che Caia doveva avere dei soldi. Incassai qualche battuta garbata sul cavalier servente, restai riservato come un buon cameriere. Tra i saluti uscimmo e mi meravigliai della sua unica valigia. "Lascio tutto qui, non mi servono i panni estivi. Non credo in un'altra estate al mare. Dopo questa è impossibile desiderarne un'altra." Parlava piano, da non distinguere se con sollievo o con dolore. Contro il vento aveva messo un fazzoletto di seta sui capelli e degli occhiali scuri. Passammo lungo le spiagge. C'erano ombrelloni chiusi, poche sedie aperte, pochi bagnanti.

Il mare era gonfio. "Non sarà una buona traversata", dissi. "Meglio così: penserò di più al mare e meno alla terra alle spalle. Ero venuta con la voglia di giocare alla libertà. Ho finito la scuola, andrò all'università. Mi sono divertita in questo sud accogliente, distratto, dove un bacio non dura niente, meno di un tuffo in acqua. Ma non poteva andare così liscia. Così sei venuto tu, i gesti copiati da mio padre, la scoperta della mia origine, della mia pena di bambina. Tu ragazzo con la prima barba in faccia, sporco di sale e di pesce, cosa accidenti c'entravi con mio padre? Eppure lui aveva scelto te per venirmi vicino in un modo così forte, costante. E io sono stata dentro alla sua visita diventando bambina. Tu mi hai procurato questo. Ieri sera alla festa sono stata felice di essere tua figlia. La mancanza di tanti anni ieri sera si è sanata. In quella folla in fiera ho attraversato mezza vita perduta lontano da lui. Non so cosa ti ho fatto, ragazzo, non lo voglio sapere. Mi sei venuto incontro in offerta e io ti ho chiamato mio, perché mio padre era là addosso a te e dentro. Non so cosa ti abbiamo fatto. Ti abbiamo impugnato come l'unica mano che riusciva a riunire le nostre. Ti abbiamo assediato col nostro bisogno di ritrovarci ancora per un'ultima volta. Non ti posso nemmeno chiedere scusa perché per me è stata una grazia."

"Anche se tutto questo è vero e sono stato solo un buffo luogo d'incontro, io ho provato amore, Haia, amore largo, uno strappo sugli anni, ho provato le età che mi spettano fino a un affetto e una tenerezza da adulto per una figlia piccola. Tu, tuo padre, avete dato un compito nel mondo a me, un ragazzo imbambolato, ammutolito di asprezze. Mi hai chiamato tate, tatele, il nome che più hai amato al mondo. Che m'importa di avere mancato i tuoi baci lunghi un tuffo? Io ero lì per baciarti la fronte, darti il braccio, comprarti lo zucchero filante, portarti la valigia. Ora io voglio che tu parta, che dimentichi, che stia al sicuro in qualche parte del mondo. Non ti chiedo l'indirizzo per scriverti, non ti lascio il mio. Noi ci fermiamo qui, non ci vedremo più. Io devo finire la mia estate, quella che mi ha cambiato i connotati. Me ne andrò presto di casa, di città, rinuncerò a studi, farò qualunque mestiere. In questa estate tu mi hai affrancato. Riesco a vedere la mia vita da un'altura proprio oggi che ti perdo e lo scirocco non fa vedere neanche l'isola di fronte. Mi vedo in un laggiù, in una folla che non sarà in festa. Mi vedo laggiù da solo. Si formano parole di rivolta che accecano più di questo vento.

Su quest'isola avevo imparato la libertà contro la vita chiusa di città, povere libertà di un corpo finalmente all'aperto. Mi avete piantato in carne l'amore, mi lanciate nel mondo a palla persa. Dentro l'amore c'è pure la collera, lo scatto di alzarsi da una sedia, come mi hai fatto vedere tu. Mi hai chiamato fuori, Haia. Questo lo potevi fare solo tu, solo tu che ti chiami vita."

Il vento si portava via le parole, non so se le sentiva, se voleva sentirle. Mi prese il braccio libero dalla valigia, se lo strinse al fianco. Camminammo piano col vento che veniva da mare. Il mio corpo magro non bastava a ripararla. "Non ci hai messo davvero niente in questa valigia." Si fermò un poco, poi con un'eco di metallo, un filo d'argento nella gola, finì di dire: "Penso che siamo molto coraggiosi a non piangere".

Tu avevi già scontato ogni goccia, io aspettavo un fuoco in fondo alla notte della tua partenza. Neanche lo scirocco che arrossava gli occhi poteva spremerci niente.

Andavamo con calma alla partenza, stringendoci il fianco, sfiorandoci le gambe. Faceva lei l'andatura, io regolavo il passo scalzo sulle sue scarpe chiuse da città. Quanto lontano potevo andare così: l'isola non mi sarebbe bastata, il giorno, il tempo non sarebbe bastato. Il sangue obbediva alla cadenza dei passi, il fiato si appoggiava ai battiti. Con la testa le sfiorai il fazzoletto, "Andiamo bene così?", chiese, "Bene, come se il cuore lo dicesse ai piedi. Fino al porto siamo un pezzo solo".

E il tondo del porto comparve dietro una curva e io le raccontavo che era un laghetto vulcanico tagliato dai Borbone verso il mare e che l'isola sobbolliva di magmi e risanava malanni e lasciava gratitudine in corpo. In vista della nave mi uscirono parole da guida turistica, raccomandazioni contro il mal di mare e smisi di parlare solo quando Daniele ci sorprese alle spalle. "Da dietro sembrate un soldato a quattro zampe, fianco a fianco in parata."

Restammo fermi davanti a lui sorridendo, colti all'improvviso e subito lui per scherzo aggiunse: "Riposo" e così ci sciogliemmo, rompendo la minima riga di due.

Andò a comprare i biglietti. Caia si tolse gli occhiali e si sciolse il fazzoletto. Aveva gli occhi arrossati e come i miei asciutti. Mi prese le mani e se le portò alle tempie. "Quando lasciai mio padre l'ultima volta, a un treno, avevo paura. Anche ora ho paura, ma per te." Le posai un bacio in cima alla fronte, le mani mi scottavano di energia. "Ciao, tate", "Addio Hàiele", "Ciao ragazzo", "Ciao vita, non temere per me. Vado nel verso in cui mi hai messo". Calò gli occhi sui piedi magri che mi uscivano dai pantaloni, le salì un poco di sorriso nel fiato. Si rimise gli occhiali e il fazzoletto e si voltò verso la nave.

Daniele tornò, mi strinse la mano da buon compagno, prese la valigia di Caia e le si avvicinò. Lei si mosse verso l'imbarco senza voltarsi indietro. Restai finché non vidi la poppa sparire oltre il faro, dietro ai pini. Avevo le mani calde di forza e un impulso violento a muovermi, a eseguire. Il vento di scirocco rinforzava. Di solito metteva addosso indolenza, stavolta scatenava una tarantella nel sangue. Voltai le spalle al porto e il vento mi prese alle spalle spingendomi e sul suo soffio cominciai a correre. Non c'era più Caia a un braccio e la sua valigia nell'altro, ero leggero, da trattenere la pianta dei piedi perché non saltasse in falcate troppo lunghe. Correvo in salita, da tempo non correvo e mi stupivo d'essere agile, veloce.

Passai per casa a controllare che le mie cose fossero pronte. Poi raggiunsi Nicola alla spiaggia. Non era uscito in mare. "Dura tre giorni questo vento, possiamo solo mettere nasse nella baia e sperare nei polipi." Ne alzai una e restai un poco zitto a fissarla. In ogni trappola per pesci c'è una via di uscita, i pesci però non la trovano. Di fronte a quella macchina semplice, mi sentivo un pesce, incapace di pensarla.

Guardai il mare grosso. Vidi il battello di Caia che non aveva affrontato il canale di Procida troppo sbattuto e aveva fatto il giro al largo passando davanti alla spiaggia dei pescatori. Lo vedevo ballare di prua. Caia pensava di certo a reggersi forte guardando avanti per non vomitare, come le avevo suggerito. C'era Daniele che l'avrebbe aiutata. "Su quel battello ci sta Daniele che torna in città" indicai a Nicola. "Meglio oggi, domani sarà peggio", rispose.

La barca era in secco. La toccai col palmo della mano. Il legno era lisciato dal sale, dalle verniciature annuali, i remi si erano scavati un incavo vicino al piolo dello scalmo, dov'era l'attrito. La barra del timone era scura dove la mano si appoggiava. Ogni pezzo risentiva dell'uso, del maneggio, era addolcito, smussato dal lavoro. Mi veniva di passare la mano sui bordi, sulla prua. "Allisci la barca?" chiese con affetto. "Vedi bene, il legno ha il suo verso. Quando lo tagliamo per fare le assi lo rispettiamo sempre. Se tagli contro vena il legno si torce, si ribella e tanto fa fino a che non spacca. Pure il legno stagionato è così, va lavorato a verso. Alliscia la barca secondo il verso della vena del legno, allisciala da prua verso poppa, come fa il mare." "La tocco perché quest'anno è finito, non verrò più a pesca."

Il vento saliva dal mare, veniva da Capri investendo forte il nostro bordo dell'isola. "Com'è per voi lo scirocco?" chiesi. "È 'o peggio viento. Cambia la faccia all'isola, leva una spiaggia da una parte, l'aumenta dall'altra. Non è un vento, lo scirocco è una rabbia. Il cielo scompare, l'aria calda afferra la testa, non la fa ragionare. Non bisogna fare figli quando c'è lo scirocco, non si devono prendere decisioni. Fa scoppiare gli incendi. Fa sbattere la campana, la senti?": un rintocco cupo risaliva la corrente del vento e arrivava debole alla spiaggia. "È un vento furioso." Il battello di Caia aveva girato il capo dell'isola di fronte, non si vedeva più.

Salutai Nicola e passai da zio. Lo vidi dal cancello, stava parlando nel suo piccolo giardino con una donna. "Solo un saluto per dirti grazie di tutte le uscite a pesca che mi hai fatto fare quest'estate." Annuì con la testa e mi fece un sorriso che non avevo ancora ricevuto da lui. Era breve, d'intesa, poi a bocca serrata annuì di nuovo. Era un suo sì a me, un sì maschile raro che accennava a me per la prima volta. Non ero sgombero in testa per inorgoglirmi. Per la prima volta lui accettava quel nipote che portava il suo nome. In quel momento coincidevamo in un nome, ma già quella notte io ne avrei avuto un altro, da non poter più condividere.

A casa a pranzo c'era mio padre. Già si parlava di cose da fare al ritorno in città. Lo scirocco decideva la fine dell'estate. Mi guardò con intenzione, di buonumore. "Non mi dispiace che il ritorno in città ti levi di dosso un po' di crosta selvatica, però mi spiace vederti rientrare in un paio di scarpe. I tuoi piedi scalzi mi mettono allegria." Risposi con un po' di scherzo in risposta alla sua buona disposizione: "Infilo le scarpe ogni anno come un galeotto si lega la palla al piede. I primi giorni non so camminare. Una volta vorrei provare a tenere i sandali anche d'inverno, come fanno i francescani".

"Ho l'impressione da un anno a questa parte che, dei frati, non ti piacciano solo i sandali. Non starai diventando credente?" "No, quest'estate sono solo diventato un po' più pescatore," dissi per tenere basso il tono, perché dalle scarpe alla fede eravamo passati troppo in fretta.

"Ho saputo che hai frequentato i ragazzi più grandi con Daniele. Ho saputo anche che ti sei preso una cotta per una di loro." Gli fui grato di non aver pronunciato il nome, gli risposi a voce spenta: "Non ci ho combinato nulla. Zio aveva ragione a dire di cercarmi una ragazza più giusta". Era strano discutere di quelle cose tra noi, cercavo di pescare le parole più normali. "Ci sei rimasto male?", "Solo un po'". Mi guardò attento. "Ti sta succedendo qualcosa. Hai acquistato un tono spiccio, netto. Non accompagni più le parole con le mani. Stai anche con la schiena più dritta. Ti ha fatto bene frequentare ragazzi più grandi. Solo che mi fa un po' d'impressione questo cambiamento brusco. Un padre si abitua a un figlio che cresce di statura, lo raggiunge, lo supera, ma stenta a seguire le trasformazioni del carattere. Il tuo non lo so ancora definire, non somiglia a quello di nessuno della nostra famiglia. Mi puoi aiutare?"

Era sincero. Si trovava di fronte un figlio indurito, cercava d'intenderlo. Non volevo tradirmi, dire qualcosa che potesse essere ricordato all'indomani del fuoco. Non volevo nemmeno respingere quella rara confidenza. "Da un anno vedo solamente torti, mi accorgo di debiti arrivati fino a me. L'anno scorso tu e mamma avete dovuto firmare un atto di rinuncia all'eredità di nonno a causa dei debiti. Ho scoperto quest'anno che non posso fare come voi. Vedo la nostra città tenuta in pugno da gente che l'ha venduta all'esercito americano. Vedo i soldati stranieri che fanno pipì per le strade, ubriachi, vedo le donne attaccate ai loro pantaloni. C'erano già queste cose, io le sto scoprendo adesso. Vedo che a nessuno importano, nessuno si risente, se ne vergogna. Vedo che la guerra ci ha mortificato. In altri posti è finita da molto, da noi continua. Non so rispondere alla tua domanda, non so rispondere a niente, però si sta caricando in corpo la spinta di rispondere."

Mi ascoltò, gli s'incupì la fronte. Quel discorso lo portava a doversi difendere, a dover reggere il contrario. Da lì poi si poteva facilmente risalire al passato fresco, alla guerra. Per una volta non si volle sottrarre. Riprese a parlare per capire, non perché aveva già capito: "Fai bene a informarti sul recente passato, è un tuo diritto e anche un interesse che altri tuoi coetanei non hanno. Però ho l'impressione che tu non lo faccia in modo sano. Insomma è buffo dirlo, ma mi sembra che tu voglia intervenire sul passato per correggerlo. Tu lo critichi con l'intento di cambiarlo, ma non si può. Nemmeno un Dio può più farci niente. È già molto proteggere il presente dagli sbagli, non fare un male da dover riparare. È molto anche se non basta: non aver fatto niente di male non risparmia la colpa. In momenti difficili che tu non hai conosciuto e non è detto che debba sperimentarli, in momenti difficili non fare niente di male è diventare complici del male".

Guardava oltre di me, si fermò contrariato da quello che aveva detto. "Complici è parola imprecisa e anche ingiusta", si riprese parlandomi in faccia, rendendomi responsabile di quella parola che lui stesso si era rivolto contro. "Io non sapevo cosa fare per contrastare il male. L'ho saputo dopo e ancora non so scommettere che avrei agito di conseguenza. Abitavo a Roma, sapevo che a via Tasso torturavano i partigiani. Non sono passato mai vicino a quella via. Sono stato uno dei tanti e non uno dei pochi, ma complice no. Se tu vuoi diventare uno dei pochi, rivolgiti al tuo presente, lascia stare il passato. Non c'eri, non ne sei responsabile."

Non sapeva niente di Caia, ma io mi sentivo scoperto da lui. E allora? Pure se mi leggeva in faccia e non era solo un colpo d'intuito, non mi sarei fermato. Non volevo negare né mai ammettere, così restai incastrato in silenzio, impacciato a guardarmi i piedi. Allora chiuse il conto: "Ma sbaglio a parlarti così, sei ancora un ragazzo con tanto margine di crescita e io ti attribuisco già cose definitive. Intanto la tua risposta sarà lo studio, la scuola e il rispetto. Posso contare su questo?". Era tornato padre di un ragazzo e ottenne la risposta di un sì meccanico, di congedo. L'affondo del suo intuito era rientrato e mi scrollai di dosso l'incursione della sua intelligenza.

Uscii per le strade, c'erano aghi di pino e pigne scaraventate dal vento. Ora i passi frusciavano e c'era un piccolo solletico sotto i piedi. Dovevo tenerne conto per la notte. Dovevo restare scalzo o mettere scarpe? Stabilii che era meglio scalzo. Passai davanti a quella pensione, l'auto non c'era.

Riguardai bene il piccolo cancello governato da un chiavistello. Non c'erano cani, sull'isola nessuno aveva cani da guardia. Non c'erano alberi che potessero prendere fuoco. Il vento avrebbe potuto spargere incendio. I pensieri correvano avanti e apparecchiavano ipotesi. Le pesavo, le scartavo. Ero raccolto in una cosa sola, puntato a un bersaglio.

Girai a lungo per l'isola a smaltire una carica di prontezza che non voleva aspettare. Non avevo niente da fare all'infuori di quello, né pesca, né spiaggia. Passai davanti al luogo d'incontro dei ragazzi più giovani. Eliana era lì insieme a un'amica. Mi salutò con forza poi si staccò da lei e mi venne vicino. "Sono contenta che sei ancora qui, quando parti?" "Quando smette lo scirocco." Aveva anche lei capelli na-

scosti sotto il fazzoletto. Non era venuta a cercarmi.
Mi guardava leale, si esponeva in faccia a uno che
poteva ferirla. Ero ancora chiuso? Per non imbaraz-
zarla abbassai gli occhi. "Quando questo vento smet-
terà verrò a cercarti. Avrò le scarpe ai piedi e i capelli
lavati in acqua dolce. Vengo a cercarti in città. Mi ha
detto Nicola che non bisogna fare progetti quando
c'è lo scirocco." Lo dissi per bisogno di credere in
un mio seguito, oltre la notte, anche se non immaginavo niente di me al di là del fuoco. Lì si era ispes-
sito un confine. Chissà se sono così i pensieri degli
animali, ciechi di futuro, intenti nel rinnovo breve
del giorno. Chissà se sono così i pensieri dei prigionieri. Il vento ci costrinse a addossarci a un muro.

"Niente progetti, ma questa è una promessa? Se
lo è io voglio aspettare la fine dello scirocco." Sorrisi e finalmente la guardai. Era l'affanno della felicità.
Feci un brusco sì con la testa, poi lo dissi, un sì certo e grave. E lei si spinse in avanti per un bacio, io
spostai un poco la guancia e lei mi centrò mezza bocca, veloce, diretta, com'erano le sue parole. Mi venne il pensiero che una persona così franca aveva anche baci diritti, incapaci di piegarsi su una guancia.
"Grazie" le dissi e lei: "Di che?", mentre già tornava
verso la sua amica, "Del burro di cacao" e si voltò a
sorridere tenendosi con una mano il fazzoletto sulla
testa.

Passeggiai a lungo. L'isola era vuota, il vento l'a-
veva spopolata. Nessuno voleva essere in strada. Avevo fatto il giro dei miei luoghi. Non guardavo oltre la

notte ventura, oltre il fuoco. Non chiedevo a me stesso se me la sarei cavata, se sarei riuscito a non bruciarmi, a non essere scoperto, preso. Nemmeno sapevo allora che c'era un carcere minorile. Non ne volevo sapere. Io dovevo arrivare fino al fuoco, il dopo poteva anche essere niente. Non avevo più casa, famiglia, futuro, avevo solo un presente urgente. Ero solo al mondo in quell'incendio. Lo scirocco non aveva riposo, io nemmeno. Stavo bene in quel vento, mi aizzava i nervi, portava nel naso il caldo e nelle orecchie il chiasso di finestre e porte sbattute. Cancellava le tracce, copriva i rumori, nascondeva le stelle.

Non ci fu tramonto, fu buio per estinzione. Ripassai dalla pensione e l'automobile c'era. A casa mi avevano lasciato la tavola apparecchiata, loro mangiavano fuori. Masticai lentamente, come mi piaceva fare, mangiando senza fretta. Dopo mi venne sonno. Dovevo aspettare la notte profonda, non ci sarei arrivato sveglio. Andai in camera e mi stesi per terra. La scomodità mi avrebbe concesso brevi sonni. Trovai posizione su un fianco, mi addormentai. Mi svegliai due volte, la seconda al rumore dei miei che rientravano. Saltai nel letto, mia madre aprì la porta per vedere se c'ero. Li sentii andare in bagno, parlare un po', spegnere la luce. Si addormentarono presto. Aspettai, gli occhi al soffitto. Il vento spingeva l'isola al largo, era una zattera che perdeva naufraghi alla deriva, lontana dalle rotte.

Mi alzai e aprii la finestra: avevo sbagliato i conti, non potevo calarmi di là, lasciandola aperta a sbattere, a fracassarsi. Dovevo uscire dalla porta senza far rumore. Ci vollero minuti interi a girare la maniglia, minuti a raggiungere l'ingresso, a essere fuori. Scalzo, il vento mi venne incontro addosso a scuotere i panni. M'afferrò per la gola, ma non era ostile, era un cane che scodinzolava e mugolava forte. Presi i fiammiferi, il giornale e la damigiana di benzina. Le strade erano piste di polvere, cose che rotolavano scendendo una corrente. Un cane da caccia si avvicinò e mi camminò accanto per un buon pezzo di via. All'angolo della strada della pensione mi lasciò.

Nel percorso ebbi il vento da tutti i lati, ma nell'ultima via l'ebbi contro, in faccia. Tornò in mente la notte di burrasca, "Né paù", la voce di Nicola pronta alle spalle e l'urto del mare. "Né paù", feci no con la testa. Non c'era una luce, serravo palpebre contro la polvere, andavo a memoria. Avevo deciso di fare senza pila, mi fidavo di me. Toccai la macchina, il cancello, sfilai il paletto e fui dentro. Bloccai con una pietra il cancello perché non sbattesse. Pochi metri per arrivare alla porta in cima a pochi gradini. A fianco della rampa c'era un angolo coperto. Mi accovacciai per provare un fiammifero: non si spegneva.

Non guardarmi Hàiele, dormi nel tuo treno, dimentica l'isola, l'estate.

Aprii la damigiana e versai benzina sulla porta, piano, per non bagnarmi i piedi. Il vento spingeva il liquido sotto la soglia. Non la versai tutta, il resto finii di rovesciarlo sull'automobile. Mi muovevo nel buio con gesti esatti, vedevo molto meglio di prima. Non pensavo a niente, eseguivo e basta e lo sapevo fare e mi pareva evidente saperlo fare. Nell'angolo coperto accesi un fiammifero e il foglio di giornale. L'accostai alla porta. Non subito, ma in qualche secondo la benzina reagì con forza di scoppio e caddi spinto indietro. Avevo fatto bene a non usare tutto il giornale. Le pagine usate per innesco mi erano state strappate di mano dall'incendio. Ora strepitava addosso alla porta e spaccava il vetro del lucernario. Mi rialzai abbagliato, stringendo i fogli conservati. Li accesi ancora e uscii dal vialetto per accendere anche l'automobile. Prima di riuscirci sentii le grida, *feuer, feuer* e infine anche la macchina prese fuoco. Ci gettai la damigiana contro. La furia dei gesti mi manteneva calmo. L'incendio era diventato luce piena in strada e chiasso più forte del vento e caldo furioso.

Sbatterono finestre, dietro di me, voci, strilli, io già in mezzo alla strada correvo a favore di vento, svelto leggero, col buio che mi copriva le spalle e un cane all'angolo della via mi aspettava per corrermi a fianco e dietro di me esplodeva un fuoco che non poteva correggere il passato.

Ultimi volumi pubblicati in "Universale Economica"

Osho, *La mente che mente*. Commenti al Dhammapada di Gautama il Buddha. A cura di Swami Anand Videha
Per Olov Enquist, *Il medico di corte*
Erlend Loe, *Naif. Super*
J.G. Ballard, *L'Impero del Sole*
Enrico Calamai, *Niente asilo politico*. Diplomazia, diritti umani e *desaparecidos*
Alessandro Baricco, *Omero, Iliade*
Marcela Serrano, *Arrivederci piccole donne*
Doris Lessing, *Le nonne*
Antonio Tabucchi, *Tristano muore*. Una vita
Manuel Vázquez Montalbán, *Millennio*. 1. Pepe Carvalho sulla via di Kabul
Sandro Pallavicini, *Atomico Dandy*
Nadeem Aslam, *Mappe per amanti smarriti*
Chico Buarque, *Budapest*
Maurizio Maggiani, *Il viaggiatore notturno*
Adam Fawer, *Improbable*
Oliver Sacks, *Diario di Oaxaca*
A.M. Homes, *Los Angeles*
Hannah Arendt, *Antologia*. Pensiero, azione e critica nell'epoca dei totalitarismi. A cura di P. Costa
Françoise Sand, *I trentenni*. La generazione del labirinto. Colloqui con I. Vial
Cheng Man Ch'ing, *Tredici saggi sul T'ai Chi Ch'uan*
Ahmadou Kourouma, *Monnè, oltraggi e provocazioni*
Antonio Prete, *Il pensiero poetante*. Saggio su Leopardi. Edizione ampliata
Stefano Benni, *Margherita Dolcevita*
Stephen Jay Gould, *Risplendi grande lucciola*. Riflessioni di storia naturale
Federico Moccia, *Tre metri sopra il cielo*
Umberto Galimberti, *Psichiatria e fenomenologia*. Nuova edizione. Opere IV
Kahlil Gibran, *Scritti dell'ispirazione*. Un'antologia
Banana Yoshimoto, *L'abito di piume*
Jonathan Coe, *Circolo chiuso*
Ryszard Kapuściński, *In viaggio con Erodoto*
Nadine Gordimer, *Il salto*
Giuseppe Cederna, *Il grande viaggio*
Gad Lerner, *Tu sei un bastardo*. Contro l'abuso delle identità
Stefano Benni, *Dottor Niù*. Corsivi diabolici per tragedie evitabili

Bob Dylan, *Tarantula*
Paolo Di Stefano, *Tutti contenti*
J.G. Ballard, *L'isola di cemento*
Henry Miller, *Il colosso di Marussi*
Gianfranco Bettin, *Eredi*. Da Pietro Maso a Erika e Omar
Erich Auerbach, *Lingua letteraria e pubblico nella tarda antichità latina e nel Medioevo*
Salvatore Natoli, *La salvezza senza fede*
Karl Marx, *Antologia*. Capitalismo, istruzioni per l'uso. A cura di E. Donaggio e P. Kammerer
Olivier de Ladoucette, *Restar giovani è questione di testa*
Howard Gardner, *Cambiare idee*. L'arte e la scienza della persuasione
Osho, *La saggezza dell'innocenza*. Commenti al Dhammapada di Gautama il Buddha
Bhagavadgītā. A cura di A.-M. Esnoul
Daniel Pennac, *La lunga notte del dottor Galvan*
Anthony Bourdain, *Il viaggio di un cuoco*
Pino Cacucci, *Outland rock*
Kurt Vonnegut, *Madre notte*
Suad Amiry, *Sharon e mia suocera*. Se questa è vita. Traduzione e cura di M. Nadotti
Doris Lessing, *Sotto la pelle*. La mia autobiografia. Primo volume. 1919-1949
Tullio Kezich, *Federico*. Fellini, la vita e i film
Caetano Veloso, *Verità tropicale*. Musica e rivoluzione nel mio Brasile
John Welwood, *Amore perfetto, relazioni imperfette*. Curare la ferita del cuore. Presentazione di A. Zanardi
Wolf Sugata Schneider, *Tantra*. Il gioco dell'amore
Stephen Jay Gould, *Il sorriso del fenicottero*
John Rawls, *Una teoria della giustizia*. Nuova edizione
Alessandro Baricco, *Questa storia*
Alessandro Baricco, *City*
Alessandro Baricco, *Oceano mare*
Alessandro Baricco, *Castelli di rabbia*
Isabel Allende, *Zorro*. L'inizio della leggenda
Amos Oz, *D'un tratto nel folto del bosco*
Manuel Vázquez Montalbán, *Millennio 2*. Pepe Carvalho, l'addio
Giorgio Bettinelli, *Rhapsody in Black*. In Vespa dall'Angola allo Yemen
Rossana Campo, *Duro come l'amore*

Anthony Bourdain, *Avventure agrodolci*. Vizi e virtù del sottobosco culinario

Osho, *L'avventura della verità*. Commenti al Dhammapada di Gautama il Buddha

J.G. Ballard, *Il paradiso del diavolo*

William P. McGivern, *La città che scotta*

James Hadley Chase, *Inutile prudenza*

Zygmunt Bauman, *La solitudine del cittadino globale*

Luigi Perissinotto, *Wittgenstein*. Una guida

Jürgen Habermas, *L'inclusione dell'altro*. Studi di teoria politica

Le canzoni di Woody Guthrie. Premessa di N. Guthrie. A cura di M. Bettelli. Testo originale a fronte

La questione settentrionale. Economia e società in trasformazione. A cura di G. Berta

Alessandro Baricco, *Seta*

Douglas Lindsay, *La bottega degli errori*

Ernesto Che Guevara, *America Latina*. Il risveglio di un continente. A cura di M. del Carmen Ariet García

Leggere Che Guevara. Scritti su politica e rivoluzione. A cura di D. Deutschmann

Tomás Maldonado, *Disegno industriale: un riesame*

Salvatore Veca, *Cittadinanza*. Riflessioni filosofiche sull'idea di emancipazione. Nuova edizione

Mauro Grimoldi, *Adolescenze estreme*. I perché dei ragazzi che uccidono

La saggezza dell'Islam. Un'antologia di massime e poesia. A cura di A. Schimmel

Christine Jordis, *Gandhi*

Lella Costa, *Amleto, Alice e la Traviata*

Christoph Ransmayr, *Gli orrori dei ghiacci e delle tenebre*

Frédéric Beigbeder, *L'amore dura tre anni*

Salvatore Natoli, *Stare al mondo*. Escursioni nel tempo presente

Jürgen Habermas, Charles Taylor, *Multiculturalismo*. Lotte per il riconoscimento

Krishnananda e Amana, *Fiducia e sfiducia*. Imparare dalle delusioni della vita

Lucia Tilde Ingrosso, *A nozze col delitto*

Alessandro Baricco, *Senza sangue*

Yu Hua, *Vivere!*

Fabio Geda, *Per il resto del viaggio ho sparato agli indiani*

Donatella Bisutti, *La poesia salva la vita*. Capire noi stessi e il mondo attraverso le parole

Sharon Maxwell, *È ora di parlarne. Quel che i figli devono sapere dai genitori sul sesso*

Rabindranath Tagore, *Il paniere di frutta*. A cura di B. Neroni

Ernesto Ferrero, *I migliori anni della nostra vita*

Giovanni Pesce, *Quando cessarono gli spari. 23 aprile-6 maggio 1945: la liberazione di Milano*

Yukio Mishima, *Neve di primavera*

Ryszard Kapuściński, *Giungla polacca*. Prefazione di A. Orzeszek

Abdourahman A. Waberi, *Gli Stati Uniti d'Africa*

Stefano Benni, *La grammatica di Dio*. Storie di solitudine e allegria

Banana Yoshimoto, *Il coperchio del mare*

Marcela Serrano, *I quaderni del pianto*

Benedetta Cibrario, *Rossovermiglio*

Domenico Starnone, *Prima esecuzione*

A.M. Homes, *La figlia dell'altra*

J.G. Ballard, *Regno a venire*

Osamu Dazai, *Lo squalificato*

Richard Ford, *Donne e uomini*

Christoph Ransmayr, *Il Mondo Estremo*

Will Ferguson, *Autostop con Buddha*. Viaggio attraverso il Giappone

Duilio Giammaria, *Seta e veleni*. Racconti dall'Asia Centrale

Michel Foucault, *Gli anormali*. Corso al Collège de France (1974-1975)

Serge Latouche, *La scommessa della decrescita*

Gerd B. Achenbach, *La consulenza filosofica*. La filosofia come opportunità di vita

Khyentse Norbu, *Sei sicuro di non essere buddhista?*

Grazia Verasani, *Velocemente da nessuna parte*

Alessandro Baricco, *L'anima di Hegel e le mucche del Wisconsin*. Una riflessione su musica colta e modernità

Yukio Mishima, *Colori proibiti*

Gianluca Bocchi, Mauro Ceruti, *Origini di storie*

Howard Gardner, *Sapere per comprendere*. Discipline di studio e disciplina della mente

Licia Pinelli, Piero Scaramucci, *Una storia quasi soltanto mia*

Edward W. Said, *Sempre nel posto sbagliato*. Autobiografia

Stefano Rodotà, *La vita e le regole*. Tra diritto e non diritto. Edizione ampliata

Ippolita Avalli, *La Dea dei baci*

Gino & Michele, *Neppure un rigo in cronaca*

Allan Bay, *Cuochi si diventa*

Ryszard Kapuściński, *Ancora un giorno*

Giorgio Bettinelli, *La Cina in Vespa*

Bernard Ollivier, *Verso Samarcanda*. La lunga marcia II

Stefano Tomassini, *Amor di Corsica*. Viaggi di terra, di mare e di memoria

Anna Funder, *C'era una volta la Ddr*

Altman racconta Altman. A cura di D. Thompson

David Brun-Lambert, *Nina Simone*. Una vita

Amos Oz, *Una pantera in cantina*

Yukio Mishima, *Il sapore della gloria*

Enrique Vila-Matas, *Storia abbreviata della letteratura portatile*

Isaiah Berlin, *Libertà*. A cura di H. Hardy. Con un saggio di I. Harris su Berlin e i suoi critici. Edizione italiana a cura di M. Ricciardi

Lucia Tilde Ingrosso, *Io so tutto di lei*

Emily Anthes & Scientific American, *Guida rapida per cervelloni: la mente*

José Saramago. *Memoriale del convento*. Con una nota di Rita Desti

Ernesto Sabato, *Il tunnel*

Francesco Gesualdi, Centro Nuovo Modello di Sviluppo, *Sobrietà*. Dallo spreco di pochi ai diritti per tutti

Luca Evangelisti, *Mai più paura di volare*. Come vincere per sempre la fobia dell'aereo

Salvatore Veca, *La bellezza e gli oppressi*. Dieci lezioni sull'idea di giustizia. Edizione ampliata

Howard Gardner, *Formae mentis*. Saggio sulla pluralità dell'intelligenza

Krishnananda, Amana, *Sesso e intimità*. Accogliere e superare paure e insicurezze per vivere al meglio la vita di coppia

A.M. Homes, *Jack*

Doris Lessing, *Alfred e Emily*

Pino Cacucci, *Nahui*

Loredana Lipperini, *Ancora dalla parte delle bambine*

Michel Foucault, *Il potere psichiatrico*. Corso al Collège de France (1973-1974)

Salwa al-Neimi, *La prova del miele*

Salvatore Natoli, *Soggetto e fondamento*. Il sapere dell'origine e la scientificità della filosofia

Gad Lerner, *Operai*. Viaggio all'interno della Fiat. La vita, le case, le fabbriche di una classe che non c'è più. Nuova edizione

Ahmed Rashid, *Talebani*. Islam, perolio e il Grande scontro in Asia centrale. Nuova edizione ampliata e aggiornata